W0056151

Inhalt

Weihnachten an der Autobahn

„Achtung Autofahrer: Nach Blitzeis und anschließendem Schneefall ist die A 4 zwischen Chemnitz und Dresden weitgehend nicht befahrbar. Die Räumdienste sind im Einsatz. Bitte umfahren Sie das Gebiet weiträumig."

Torsten stößt nach dieser Verkehrsdurchsage einen Schrei aus und schlägt mit der flachen Hand dreimal auf sein Lenkrad. So heftig, dass er damit die Alarmanlage auslöst. Auch das noch!

Hier, Stoßstange an Stoßstange zwischen all den anderen Autos, die gemeinsam seit zehn Minuten mitten auf der Autobahn zum Stillstand verurteilt sind. Ausgerechnet in einer Gegend, wo sein Handy kein Netz findet. Und jetzt auch noch die quäkende Sirene der Alarmanlage, wie peinlich. Tuut. Tuut. Tuuuuuut.

Torsten gerät in Panik, drückt hektisch irgendwelche Knöpfe, legt Schalter um, versucht, die Zündung aus- und wieder einzuschalten. Nach wenigen

Sekunden ist sein Gesicht krebsrot vor Aufregung, aber die Alarmanlage gibt endlich Ruhe. Im Radio säuselt ein Engelchor: „Stille Nacht, Heilige Nacht". Für Torsten kaum zu ertragen: „Wenn die als Nächstes noch ‚Leise rieselt der Schnee' spielen, bring ich den Intendanten um!", zischt er durch die Zähne. Und schreit ein zweites Mal so laut, dass er sich im selben Augenblick um seine Windschutzscheibe sorgt, die bei dem Krach zerspringen könnte.

Mist, Mist, Mist! Ausgerechnet kurz vor Heiligabend. Ausgerechnet an dem Abend, an dem er mit Valerie und ihrer Familie feiern wollte. Ein Abend, den er schon lange minutiös geplant und vorbereitet hat. Nichts hat er dem Zufall überlassen: die Haare frisch frisiert, der hippe Bart vom Fachmann perfekt gestutzt. Dazu der Duft, den Valerie ihm zum Geburtstag geschenkt hat. Das beste Hemd. Darüber das Jackett, in dem Valerie ihn so männlich findet. Und in der Jackentasche der Ring, den er ihr heute Abend …"

„Last Christmas, I gave you my heart", dudeln Wham aus dem Radio. Und lösen damit Schrei Nummer drei aus. Eine Kaskade von Schimpfworten, so rau und so ordinär, dass Torsten sich selbst fast ein bisschen schämt.

Motor aus und raus hier! Torsten öffnet die Fahrertür. Luft! Wenigstens ein paar Atemzüge lang.

Als hätten die Autofahrer vor und hinter ihm sich abgesprochen, klappen sie ebenfalls ihre Türen auf: Sie springen, klettern, krabbeln aus ihren Smarts, Ladas, Volvos oder Volkswagen heraus, dehnen und strecken sich mit mürrischen Gesichtern und versuchen dann die Lage vor sich zu peilen. Doch der dicke Schneefall lässt keinen Weitblick zu. Nichts geht mehr. Ende der Autofahrt.

Torsten vernimmt Diskussionen und Selbstgespräche, manche unterdrückt, manche demonstrativ mit ganzer Kraft, voller Wut, Ärger und Enttäuschung. „Mist. Mist. Mist!" Torsten schreit es heraus. Und es tut ihm gut.

Als sich bei dem BMW ein paar Autos hinter ihm die Alarmanlage meldet, kann er schon wieder ein bisschen lächeln. Er ahnt, wie der Pechvogel am Lenkrad aus echtem Rindsleder jetzt mit den Tücken der Technik zu kämpfen hat …

Doch das Lächeln vergeht ihm, als er sein Auto ganz verlassen will. Ein winziger Schritt nur auf der spiegelglatten Fahrbahn, schon zieht es Torsten die Beine weg, und er landet ziemlich unsanft auf seinem Allerwertesten.

Durch ein paar Zentimeter Neuschnee kaum abgebremst stürzt er auf den Asphalt. Und spürt im selben Augenblick durch den Stoff seiner Hose das Eis auf der Fahrbahn.

„Mist!" Schon wieder schreit Torsten laut auf und

kümmert sich nicht darum, dass viele wildfremde Menschen nur wenige Meter neben ihm stehen.

Während er versucht sich hochzurappeln, sieht er, dass einige andere Autofahrer näher kommen. Offensichtlich haben die keine schicken Halbschuhe mit glatten Sohlen an, sondern Winterstiefel, überlegt Torsten, als er zum dritten Mal vergeblich versucht, Boden unter die Füße zu bekommen.

Von links und rechts streckt sich ihm jeweils ein Paar kräftiger Arme entgegen. Das linke Paar gehört zu einem etwa vierzig Jahre alten, leicht übergewichtigen, dafür leicht untersetzten Trucker, unrasiert, in einem abgewetzten Parka.

Die dürften beide schon bessere Tage gesehen haben – der Parka wie der LKW-Fahrer!, denkt Torsten. Das rechte Paar Arme gehört einer kräftigen älteren Dame, dick vermummt, sodass Nase und Augen kaum zu sehen sind.

„Pagg zu, mir rischden disch wieder auf", lacht der Trucker in breiter sächsischer Mundart.

„Fröhliche Weihnochten übrigens, isch bin dor Ronny", trompetet er und lacht weiter, während die Dame von rechts leise stammelt: „Olllga, mein Name is Olllga Fjodorrrowa. Ich allte sie, jungärrr Maann."

Torsten ist sich nicht sicher, ob das Knarzen bei ihren Konsonanten auf ihre russische Heimat schließen lässt oder mit der Kälte zu tun hat.

Egal. Mit der spontanen Hilfestellung schafft Torsten es tatsächlich aufzustehen. Einen Augenblick lang prüft er seinen Stand. Die Hüfte tut ihm weh. Aber nicht der Rede wert. Unangenehm ist nur die kalte Feuchtigkeit.

Torsten will sich mit einer Hand Schnee von der Hose klopfen. Doch dieser Augenblick der Ablenkung reicht aus. Trotz seiner beiden Schutzheiligen gerät er erneut ins Rutschen und landet – diesmal halb aufgefangen durch Ronnys starken Arm – erneut auf dem Boden.

Da hört er dicht neben sich helles Kinderlachen: „Mach das noch mal, sieht echt lustig aus!", prustet ein Mädchen in einem viel zu großen Skianorak heraus, vielleicht sechs oder sieben Jahre alt. „Ich habe mal einen Film gesehen, da ist auch einer so wie du immer wieder hingefallen und aufgestanden und …"

„Still, Jessica", ruft der herbeigeeilte Vater. „Der Herr könnte sich wehgetan haben. Entschuldige dich bei ihm."

Torsten winkt ab, „Nicht nötig, alles nicht so schlimm", kommentiert er und lächelt Jessica zu. Inzwischen ist er umringt von Menschen. Seine Schreie und seine fernsehreifen Stürze haben für Publikum gesorgt. Er ist plötzlich die Attraktion auf der Autobahn. Alle wollen ihm helfen, ihn aufrichten, ihn trösten. Eine Rolle, die ihm eigentlich so gar nicht behagt. Normalerweise hält er Abstand von allzu vielen Menschen. Und steht viel lieber auf eigenen Beinen. Aber beides geht jetzt und hier nun gerade nicht.

Als Torsten nach einigen Anstrengungen und viel Unterstützung doch endlich einigermaßen sicheren Boden unter den Füßen hat, angelehnt an den uralten Transporter, dem Olga vorhin entstiegen ist, springt er über seinen eigenen Schatten – natürlich nur bildlich gesprochen. „Danke ... Und: Fröhliche Weihnachten! Ich bin der Torsten." Sagt er in die Runde und schüttelt plötzlich viele Hände.

„Geteiltes Leid ist halbes Leid", ruft ihm ein älterer Mann zu – und alle lachen. Ronny, der Sachsen-Trucker, ergänzt: „Leute, was meent ihr? Wenn mir hier schon so dumm rumstähn, dann könn mir uns doch gemeinsam een Weihnachts-Iglu bauen!"

Jessica, die Torsten seit seinem zweiten Sturz nicht mehr von der Seite weichen will, klatscht begeistert, soweit es ihre dicken Handschuhe zulassen: „Ein Iglu, ja, machen wir", ruft sie und fängt an, mit den Händen einen Schneehaufen am Straßenrand aufzuhäufen. Torsten sieht ihr nach. Und irgendwie spürt er, dass die kindliche Freude in ihm etwas entkrampft.

„Warte, ich mach mit!", ruft er zu seiner eigenen Verblüffung. Dann bewegt er sich behutsam zurück zu seinem Golf, öffnet den Kofferraum, greift nach den Stiefeln mit dem extrastarken Profil, die er sicherheitshalber bereitgelegt hat, und zieht sie sich an – sehr vorsichtig natürlich. Schal, Mütze und Daunenjacke streift er ebenfalls über. So gerüstet will er sich wieder dem Mädchen und ihrem Bauprojekt zuwenden. Doch er staunt nicht schlecht: Mehr als ein Dutzend Kinder, Jugendliche, Erwachsene schieben inzwischen direkt neben der Fahrbahn Schnee zusammen und bilden so einen immer größer werdenden Haufen.

In Torsten erwacht der Ingenieursgeist. Nicht umsonst hat er auf Großbaustellen auf der ganzen Welt Erfahrungen gesammelt. Mit einem Lächeln lobt er den spontanen Bautrupp, dann gibt er Tipps und erteilt Anweisungen. Und so presst bald der eine Teil des Bautrupps den Schnee zu festen Brocken zusammen, während der andere diese Schneeklötze vorsichtig zu einer stabilen Mauer aufschichtet.

Vom Ärger und der Enttäuschung über den ausgefallenen Weihnachtsabend ist plötzlich nichts mehr zu spüren. Die Arbeit an dem Iglu sorgt für willkommene Abwechslung. Das Schwatzen, Kichern und Glucksen der beteiligten Iglu-Baumeister und die bewundernden Rufe der Zuschauer, die sich zwischen den Autos postiert haben, lassen erahnen: Heute gibt's mal eine ganz andere Art von Weihnachtsfreude.

Ronny, der Fernfahrer, hat direkt vor dem stetig wachsenden Iglu einen Schneemann gebaut, ähnlich kurz und ähnlich kompakt wie er selbst. Dem setzt er die ausgeblichene Baseballkappe auf, die er vorher selbst auf dem Kopf hatte. „Biddescheen, Herr Kolläge!" Mit einer großzügigen Geste bietet er dem Schneemann eine Zigarette an, fischt eine aus der Packung in seiner Brusttasche und steckt sie dem Schneemann ins Gesicht.

Torsten sieht, wie Jessica ein paar Meter zur Seite tritt und das rasch wachsende Iglu betrachtet. Sie stellt sich neben Olga und ihren alten Transporter. „Kannst du mich mal kurz hochheben?", fragt sie ohne jede Scheu. Und landet prompt auf der Kühlerhaube des Transporters, gestützt durch Olga und ihren wortkargen Mann, einen älteren Herrn mit dicker Pelzmütze.

„Das wird unser Iglu", strahlt Jessica. „Das schönste Weihnachts-Iglu der ganzen Welt. Und dort drüben, das wird unser Weihnachtbaum." Jessica deutet auf eine kleine, kümmerlich gewachsene Tanne nur drei Meter neben der Großbaustelle.

Mit ihren Worten löst die Kleine neue Aktivität aus. Zwei Jugendliche in dünnen Jeansjacken schütteln den Schnee von den Zweigen des Bäumchens. Sie bibbern vor Kälte, aber das tut ihrer guten Laune keinen Abbruch. Von irgendwoher schleppt eine Frau drei Christbaumkugeln an und befestigt sie an den dünnen Zweigen. Sogar eine dicke Kerze für den frischernannten Weihnachtsbaum findet sich in irgendeinem Kofferraum.

Das Weihnachtsfest am Rande der A 4 kann beginnen.

Ein Pärchen mit norddeutschem Akzent geht umher und bietet aus einer dampfenden Thermoskanne Tee an. Tupperdosen mit selbst gebackenen Weihnachtsleckereien machen die Runde. Eine Großfamilie aus Schwaben mit unzählig vielen Kindern in allen Größen („wie die Orgelpfeifen", staunt Torsten) übt ein mehrstimmiges Weihnachtslied.

Doch Jessica ist mit alldem noch nicht zufrieden: „Alle mal herhören. Wir brauchen eine Krippe. Ohne Krippe ist Weihnachten kein Weihnachten. Heute feiern wir doch den Geburtstag von Jesus. Und der liegt ja in der Krippe!"

Diesmal löst Jessica mit ihrer Bitte Ratlosigkeit aus. Woher sollte jemand – hier auf der Autobahn! – eine Krippe mit allem Drum und Dran herbeizaubern? Selbst ein gut trainierter Fußgänger würde durch den Schnee mehrere Tage brauchen – bis zum nächstgelegenen Weihnachtsshop im Erzgebirge und wieder zurück.

Doch da meldet sich Olga zu Wort. Leise, aber für alle gut vernehmbar, in ihrem gebrochenen, leicht eingefroren klingenden Deutsch: „Wir hab gesaamelt allllte Sachen, fir Tredelmark, Maaann und iich. Ist ganz allllte Grippe dabei. Kann holen mein Maaann. Los Jooosef, die Weihnachts-Grippe, such schon, staub sie ab und bring sie die Kleine … "

Jessica strahlt. Josef brummt.

Und macht sich an die Arbeit.

Torsten wird auf unerklärliche Weise warm ums Herz. Diese Weihnachtsfeier ist schöner als all die Feiern, die ich bisher erlebt habe, schießt es ihm durch den Kopf. Und meinen Heiratsantrag, den werde ich dann eben ein paar Stunden später los … Wenn der Räumdienst wieder für freie Fahrt gesorgt hat. Und die kleine Jessica, die soll dann bei unserer Hochzeit die Blumen streuen!

Adventsüberraschung bei Obergrießmeiers

„So, Karla, lass es uns noch mal ganz langsam durchgehen, damit es auch bloß keine Panne gibt. Also: Wir heißen Lissy und ihren neuen Freund nicht mit: ‚Grüß Gott' willkommen, sondern wir sagen ‚Guten Tag'. Vor dem Essen wird nicht gebetet, sondern ich lese den Sinnspruch eines westbengalischen Philosophen aus dem zweiten Jahrhundert vor Christus vor. Äh, halt nein, aus dem zweiten Jahrhundert vor der Zeitenwende, wollte ich sagen. Und am Ende wünschen wir uns natürlich keinen gesegneten Advent, sondern eine besinnliche Jahresendzeit. Verstanden?"

Gattin Karla knipst ein kurzes Lächeln an und nickt mechanisch. Verlegen zupft sie an dem roten Deckchen herum, das sie gerade auf einen Beistelltisch gelegt hat. Das Deckchen ist bestickt mit kunstvoll gestalteten Sternen in unterschiedlichen Größen. Karla streicht den Stoff vorsichtig glatt, wirft einen prüfenden Blick auf ihr Werk und lächelt für einen kurzen Moment. Anschließend wendet sie sich ganz langsam ihrem Ehemann zu und nickt erneut. Ihr gequälter Gesichtsausdruck und die Körperhaltung verraten ihre innere Einstellung: Gatte Harry nervt. Mal wieder. Und diesmal extrem hartnäckig.

Besonders sein Befehlston geht ihr gewaltig gegen den Strich, diese unheilvolle Mischung aus Unsicherheit, Ahnungslosigkeit und forschem Auftritt. Karla ist alles andere als begeistert von den Regeln zum Fest, die Harry aufgestellt hat, das kann jeder Beobachter spielend erkennen.

Doch von dieser Abneigung und dem bisschen nonverbalen Widerstand lässt ihr Gatte sich nicht abschrecken: „Und bitte, Karla, vergiss auf gar keinen Fall: Dieser Adballa stammt nicht aus einem christlichen Land, und darum m ü s s e n wir Rücksicht nehmen und dürfen auf gar keinen Fall …"

„Abdullah' heißt Lissys Freund, merk dir das endlich, Harry. Abdullah. Ist doch nicht so schwer. A B D U L L A H." Karla klingt ein bisschen gereizt.

„Sag ich doch, Alballa. Also dieser Alballa studiert zwar in Münster, wie unsere Lissy. Aber er stammt aus einem arabischen Land und …"

„Abdullah ist Syrer. Seine Familie lebt in Damaskus", wirft Karla in leicht gereiztem Ton ein.

„Genau, sag ich doch. Alballa stammt aus … Lybyen. Nein, Lybien … ach, egal. Aus dem arabischen Raum. Und er ist deshalb sicher Muslim. Wir wollen ihn nicht verärgern. Keine Irritation.

Keine Provokation. Und deswegen wird unsere Adventsfeier in diesem Jahr anders verlaufen als sonst. Unreligiös, wenn du verstehst, was ich meine."

„Unser gemütliches Kerzenstündchen zum Jahresende, meinst du wohl?", entgegnet Karla halblaut, während sie zum schätzungsweise fünfundzwanzigsten Mal das Deckchen glatt streicht. Auch ihr selbst scheint nicht ganz klar zu sein, ob sie diese Korrektur ernst meint oder sich gerade über ihren Mann lustig macht.

Gatte Harry jedenfalls nimmt die Vorlage dankbar an und doziert weiter:

„Richtig, unser gemütliches Kerzenstündchen zum Jahresende soll Alballa einfach zeigen, welch schöne Traditionen es bei uns in Deutschland gibt. Wie nett und besinnlich die Menschen hier zusammensitzen. Wie gemütlich und familiär es bei uns zugeht.

Übrigens machen die Araber ja auch sehr in Familie, hab ich mal gehört. Also wird er sich sicher wohlfühlen bei uns, dieser Ad…, dieser Abl…

Ach, Karlchen, jetzt habe ich den Namen von Lissys Neuem doch schon wieder nicht parat. Der ist ja auch echt schwierig. Der Name liegt mir auf der Zunge, aber …"

Hilfe suchend dreht Harry sich zu seiner Gattin, doch die scheint noch immer ihre gesamte Lebenskraft dafür verwenden zu müssen, das Deckchen glatt und immer noch glatter zu streichen. Ihren Gatten überhört sie, lässt ihn geradezu am ausgestreckten Arm verhungern. Fast scheint sie die Ratlosigkeit des Herrn Gemahls zu genießen, jedenfalls lässt sie sehr bewusst eine lange Pause. Dann erst öffnet sie den Mund:

„Ist ja gut, Harry, ich spiel das Spiel ja mit. Ich freu mich riesig darüber, dass unsere Lissy ihren Freund mal mit nach Hause bringt. Und ich will natürlich auch nicht, dass er sich über uns und unsere christlichen Rituale ärgert.

Aber mal ganz ehrlich: War das wirklich nötig, dass du nur deswegen all die schönen Krippenfiguren zurück auf den Dachboden geschleppt hast? Nicht einmal die Engel hast du hiergelassen. Was soll das denn für eine Adventsfeier sein, so ganz ohne …"

„Karla, das ist *keine* Adventsfeier. Wir begrüßen zum ersten Mal den jungen Mann bei uns zu Hause, der ein Auge auf unsere Tochter geworfen hat. Wir möchten, dass er einen guten Eindruck von uns bekommt. Wir wollen ihn kennenlernen. Wir wollen ihn, so gut wir es können, in unserer Familie willkommen heißen. Könnte ja sein, dass es bei Lissy diesmal was Ernstes ist. Am Ende wird der noch der Vater unserer Enkelkinder …"

„Jetzt mal langsam, jetzt mal ganz langsam. Harry, bitte entspann dich einfach. Beruhige dich. Die beiden kommen, trinken Kaffee mit uns oder von mir aus grünen Tee, wenn ihnen das lieber ist. Es gibt Stollen, es gibt Plätzchen, und genug Gesprächsstoff werden wir ja wohl auch haben. Also reg dich bitte etwas ab …"

Karla ist beim Reden immer lauter geworden, ohne dass sie es selbst bemerkt hat. Die letzten Worte schreit sie regelrecht in die Richtung ihres Mannes. Ausgerechnet in diesem Augenblick dreht sich ein Schlüssel im Schloss der Haustür. Die Tür springt auf und eine fröhliche Stimme ruft: „Hallo Mama, hallo Papa, einen fröhlichen zweiten Advent euch – die Festgäste sind eingetroffen!"

Karla wirft einen vielsagenden Blick auf Harry. Der dreht vor lauter Anspannung eine dünne, lange Kerze so kräftig zwischen seinen Händen, dass sie in der Mitte durchbricht.

„Das hier sind also meine Eltern, und das ist mein Abdullah", rettet Lissy die Lage. Mit strahlenden Augen sieht sie sich im festlich gestalteten Wohnzimmer um und kommentiert mit Begeisterung: „Wunderschön, diese Kerzen, dieses Mobile, ach, das Bild von der Winternacht im Schnee habt ihr auch wieder aufgestellt! Wie schön ihr alles wieder geschmückt habt, danke!"

Karlas Gesicht spiegelt Erleichterung wider. Doch dieser Zustand hält nur wenige Sekunden lang.

Denn Lissy spricht weiter: „Ich hab mich so darauf gefreut, den zweiten Advent bei euch zu feiern", flötet sie. „So eine richtige Adventsfeier zu Hause, mit allem Drum und Dran, das ist doch einfach etwas ganz Einmaliges. Abdullah ist auch schon ganz gespannt darauf."

Nur mit Mühe behält Karla die Fassung und macht sich wieder an dem Deckchen zu schaffen, das ihr offensichtlich immer noch nicht glatt genug vorkommt.

Abdullah, noch halb im Flur, erst halb im Wohnzimmer, macht sich zum ersten Mal bemerkbar: „Und wie!", sagt er und strahlt dabei. Im gleichen Augenblick erinnern sich die Gastgeber ihrer Aufgaben:

„Entschuldigen Sie, äh, … guten Tag und … herzlich willkommen, verehrter Herr …, Herr Balldalla", stottert Harry herum.

Gattin Karla versucht ihm zu Hilfe zu eilen. „Gell, Herr Abdullah, Sie können einfach Harry und Karla zu uns sagen. Das ist doch leichter als dieser scheußliche deutsche Nachname ‚Obergrießmeier' …"

Abdullah nickt und strahlt weiter. Doch bevor er seinerseits den Mund öffnen könnte, stößt Karla einen kaum wahrnehmbaren Schrei aus:

„Um Himmels willen, Kinder, Harry, so kommt doch und setzt euch, wir müssen doch hier nicht herumstehen. Heute ist doch schließlich Ad…"

Das Tabu-Wort bleibt Karla im Hals stecken. Harry wirft ihr einen vorwurfsvollen Blick zu, den Lissy zum Glück nicht zu bemerken scheint.

„Also bitte, bitte, setzt euch. Sie, Herr Abdullah, können gerne hier Platz nehmen, da hat man den besten Blick auf unseren Garten und auf den Kirchturm dahinter …" Karla atmet tief durch, dreht sich verunsichert zu Harry um, aber der ist offensichtlich mit anderen Gedanken beschäftigt und hat seiner Gattin nicht zugehört.

„Also, Sie sitzen hier, Lissy, du gegenüber, genau wie früher immer, als ich dir noch Brote für die Schule schmieren musste."

„Mama, das ist doch schon eine gefühlte Ewigkeit her", lächelt die Tochter des Hauses. Karla lässt sich davon nicht stoppen und fährt unbeirrt fort:

„Vater und ich haben ja so wie damals hier auf dem Sofa unsere Stammplätze. Dann kann es ja jetzt losgehen."

„Danke, liebe Frau Obergrießmeier, ähm, liebe Karla, verehrter Herr Obergrießmeier, diese Einladung ist wirklich sehr freundlich von Ihnen. Lissy hat mir schon so viel von ihren Eltern erzählt. Und besonders davon, wie gemütlich und besinnlich die Adventsfeiern bei Ihnen ablaufen …"

Karla traut ihren Ohren nicht. Dass der gut aussehende Student aus Syrien mit dem dunklen Teint und den schwarzen Haaren so makelloses Deutsch spricht, hat sie schnell verkraftet. Dass er ihren Nachnamen, an dem die meisten anderen Zungen scheitern, fehlerfrei ausspricht, das rechnet sie ihm hoch an. Aber dass sich ausgerechnet dieser Muslim auf eine gemütliche deutsche Adventsfeier zu freuen scheint – das ist so ziemlich genau das Gegenteil von dem, was ihr Gatte und sie selbst in den Albträumen der letzten Nächte vor Augen hatten.

„Herr, Herr, Dablalla, was darf ich Ihnen anbieten – eine Tasse Kaffee oder lieber grünen Tee?" Harry scheint sich nach dieser unerwarteten Wendung schneller gefangen zu haben als seine Gattin.

„Normalerweise sehr gerne Kaffee, lieber Herr Obergrießmeier, aber Lissy hat mir so von ihrem Weihnachtspunsch vorgeschwärmt. Der muss ja legendär gut schmecken. Und da wir beide heute nicht mehr Auto fahren müssen, könnte ich mir ja vielleicht ein, zwei Tässchen genehmigen."

Jetzt ist es Harry, der seinen Ohren nicht traut. Ein Muslim, der seinen berühmten Weihnachtspunsch mit Extra-Schuss probieren möchte? Das kann doch nicht wahr sein … Das ist doch gar nicht möglich!

Harry steht ratlos und unentschlossen da, sein Mund offen, die Hände Schutz suchend in den Hosentaschen vergraben.

„Abdullah, Papa hat wahrscheinlich nicht damit gerechnet, dass wir schon heute am zweiten Advent Weihnachtspunsch möchten. Hab mich gleich gewundert, dass es hier nicht danach duftet. Aber kein Problem: Ich kenne Papas Geheimrezept. Ich mach uns einen …" Lissy verlässt die Kaffeetafel und macht sich nebenan in der Küche geräuschvoll ans Werk. Karla und Harry bleiben unvermittelt mit ihrem Gast alleine zurück.

„Kennen Sie unsere Lissy eigentlich schon lange, lieber Herr Abdullah?", fragt Karla wie aus heiterem Himmel.

„Ach bitte, liebe Frau Obergrießmeier, lassen Sie doch den ‚Herrn' weg, sagen Sie einfach Abdullah zu mir, wie alle meine Freunde. Ja, ich kenne Ihre wunderbare Tochter inzwischen seit beinahe drei Jahren. Wir sind uns beim Uni-Sport begegnet und haben uns später immer besser kennengelernt. Bei uns war es keine Liebe auf den ersten Blick – obwohl ich Lissy wirklich sehr attraktiv finde. Wir brauchten beide zwei, drei Semester, aber dann hat es so richtig zwischen uns gefunkt. Und jetzt …"

„Stopp, aufhören, sofort!" Aus der Küche schaltet sich Lissy ins Gespräch ein, mit gespielt vorwurfsvollem Ton.

„Junger Mann, untersteh dich weiterzusprechen. Ich will dabei sein, wenn wir Mama und Papa erzählen, dass …"

Warum auch immer, Lissys letzte Worte sorgen für eine willkommene Entspannung der Lage, plötzlich müssen alle kichern. Lissy stürmt aus der Küche ins Wohnzimmer, sie umarmt und küsst ihren Abdullah. Karla steigen vor lauter Glück die Tränen in die Augen. Selbst Harry gluckst ein wenig, während er nervös Däumchen dreht.

Abdullah scheint als Einziger bei klarem Verstand geblieben zu sein. In beinahe feierlichem Ton wendet er sich an die Eltern seiner Freundin:

„Eine Frage habe ich, liebe Obergrießmeiers. Lissy hat mir so viel von Ihrer schönen Weihnachtskrippe berichtet. Und von den wunderbaren Weihnachtsliedern, die Sie schon im Advent gemeinsam gesungen haben. Und von den alten Geschichten aus der Bibel, die dann immer gelesen werden. Wissen Sie, das alles würde ich zu gerne mal erleben. Sie können sich ja denken, dass es solche Bräuche in meiner Herkunftsfamilie nicht gab. Aber schon in Syrien hatte ich oft mit Christen zu tun. Und hier an der Uni gibt's eine internationale Gruppe von Studierenden, die sich für das Christentum interessieren. Da gehen Lissy und ich manchmal zusammen hin. Ich finde es spannend, in der Bibel zu lesen und zu erfahren, was Ihnen als Christen wichtig ist …"

Bei den letzten Sätzen starren Karla und Harry sich fassungslos an. Ganz sanft schüttelt Karla den

Kopf, dann räuspert sie sich und kommt Harry zuvor, der auch gerade etwas sagen möchte.

„Aber sehr gerne, lieber Abdullah, mit dem größten Vergnügen. Natürlich können wir das tun und uns gemeinsam auf Weihnachten vorbereiten, so wie das bei uns üblich ist. Harry, bitte hol doch die Krippe vom Dachboden. Abstauben brauchst du sie ja nicht mehr, das habe ich schon vor zwei Wochen erledigt. Und dann lasst uns Advent feiern. Endlich!"

Der verrückte Weihnachtswunsch

Danke schön, na vielen herzlichen Dank auch. Das ist ja wohl so ziemlich das Verrückteste, was meine Frau sich einfallen lassen konnte. Warum bin ich auch so schrecklich naiv und sag zu ihr in einer schwachen Stunde: „Du darfst dir alles von mir wünschen, was du willst? Diesmal gibt's kein Last-Minute-Parfüm, nicht zwei beliebige Bücher aus den Bestsellerlisten. In diesem Jahr sollst du mir deinen Herzenswunsch sagen. Und wenn ich es auch nur irgendwie möglich machen kann, dann werde ich dir diesen Wunsch erfüllen …"

Ja klar, das war gut gemeint, aber reichlich blauäugig. Ich wollte einfach vermeiden, wieder mal mit einem flauen Gefühl zusehen zu müssen, wie sie auspackt, was irgendwelche Verkäuferinnen in meinem Auftrag für sie eingepackt haben. Ich wollte nicht dastehen wie einer, dem wieder mal nichts Originelles, ganz Einzigartiges eingefallen ist. Ich hasse dieses Gefühl, Jahr für Jahr.

Dabei hat sie ja im Grunde recht: Ich denke viel zu spät an die Geschenke. Und entsprechend langweilig fallen die aus.

Aber sie müsste mir eigentlich zugutehalten: Vergessen habe ich Weihnachten nie, den 24. trag ich mir immer rechtzeitig in den Kalender ein. Ich halte ihn mir eisern frei. Da können die Kunden sich aufführen, wie sie wollen, diesen Tag reserviere ich für mich und für sie.

Aber rechtzeitig Geschenke auswählen … ich gebe zu, das ist nicht meine Kernkompetenz. Und Zeit zum Einkaufen plane ich auch nicht ein. Aber dafür müsste sie doch eigentlich Verständnis haben. Sie weiß doch: Im Dezember ist im Betrieb immer so viel los: Der Jahresabschluss, die Budgets für das nächste Jahr, die neuen Produktlinien, die Planung der Messetermine und, und, und.

Warum muss Weihnachten eigentlich immer in diese ohnehin schon so hektische Zeit fallen? Wie soll ich mir denn ausgerechnet in diesem Monat Zeit nehmen, um in aller Ruhe etwas für meine Frau einkaufen zu gehen? Ist doch eh nur eine nette Geste, sie weiß doch, was sie mir bedeutet. Geschenke wären doch zwischen uns gar nicht nötig, finde ich.

So direkt sag ich ihr das natürlich nicht, da würde sie vermutlich nur wieder schimpfen und mich „gefühlskalt“, „geschäftsmäßig“, „unromantisch“, ja „lieblos“ nennen. Lieblos, ich! Wo ich mich doch so abrackere für sie, damit wir uns …

Ach, das spielt ja jetzt auch keine Rolle. Ich wollte ihr diesmal wirklich einen Gefallen tun, wollte ihr ein bisschen liebevoll entgegenkommen. Zugegebenermaßen war auch Bequemlichkeit dabei. Und vielleicht sogar eine Spur Verzweiflung.

Also hab ich am 1. Dezember zu ihr gesagt: „Du darfst dir in diesem Jahr etwas von mir wünschen. Etwas ganz Besonderes."

Erst später habe ich mich gefragt, welchen Wunsch ich insgeheim erwartet hatte. Ein gemeinsamer Weihnachtsurlaub auf den Malediven vielleicht? Ein Ring mit einem Diamanten? Ein Tandem und das Versprechen, ab und zu eine gemeinsame Radtour zu planen? Keine Ahnung.

Auf das, was sie sich jetzt tatsächlich wünscht, wäre ich nie gekommen. Sie sah mich an, sie lächelte, doch in ihrem Blick bemerkte ich auch eine Portion Skepsis. Sie bedankte sich in knappen Worten, erbat sich drei Tage Bedenkzeit und tat in der Zwischenzeit so, als hätte sie mein Angebot gar nicht gehört. Und dann, letzten Freitag beim Abendessen, ließ sie die Bombe platzen.

Ihr Wunsch sei ganz einfach und er liege ihr wirklich sehr am Herzen, so meinte sie zur Eröffnung. Und in diesem Augenblick hatte ich schon eine düstere Vorahnung.

„Ich wünsche mir eine Liste von dir, handgeschrieben", sagte sie leise und sah mir dabei prüfend in die Augen. „Ich hätte gerne eine Liste, auf der all das steht, wofür du dankbar bist."

Können Sie sich vorstellen, wie verdattert ich reagiert habe?

„Das ist doch kein Geschenk", hab ich gemurmelt. Sie hat es überhört und gelächelt. Und mich dann erst so richtig unter Druck gesetzt.

„Liebling, ich freu mich ja so sehr auf dieses ganz besondere Geschenk und auf Weihnachten mit dir!"

Und jetzt sitze ich also hier, kaue an meinem Füller, lege ihn weg, nehme ihn wieder in die Hand, schreibe ein paar Worte, streiche sie durch, fange von vorne an und noch mal von vorne.

Wofür ich dankbar bin?

Na für sie, zum Beispiel. Ist ja nicht selbstverständlich, dass wir immer noch zusammen sind. Dafür, dass ich einen guten Job habe. Dafür, dass ich prächtig verdiene. Dafür, dass unser Haus seit zwei Jahren schuldenfrei ist. Und dass ein bisschen was auf der hohen Kante liegt. Dass wir einen Garten haben und ein Auto, dafür bin ich auch dankbar.

Andererseits: Hab ich mir ja alles selbst erarbeitet, dafür hab ich echt geschuftet. Hat mir niemand in den Schoß gelegt. Soll ich auch Dinge aufschreiben, für die ich *mir* dankbar bin?

Ach, ich schreibe alles auf, wofür ich dankbar bin, egal wem, sie hat das ja wohl so gewollt.

Also: Mein Computer. Mein Segelschein. Mein kleines, aber feines Aktienpaket. Irgendwie bin ich auch dankbar für unsere Nachbarschaft hier, sind ein paar prächtige Typen drunter, auf die man sich verlassen kann.

Meine Kollegen und Mitarbeiter auch, die meisten sind gar nicht so übel. Die Sportsfreunde beim Volleyball, ja doch, da hätte ich früher drauf kommen sollen, das ist richtig großartig, dass ich die einigermaßen regelmäßig treffe. Überhaupt gibt es ein paar Menschen, ohne die ich mir mein Leben schwer vorstellen könnte.

In der Kirchengemeinde sind auch ein paar, na ja, den Pfarrer meine ich nicht unbedingt, der ist mir zu weltfremd, hat keine Ahnung, wie es in der Geschäftswelt zugeht. Aber irgendwie nett ist er doch, und sein Frau auch. Und beide interessieren sich dafür, wie es uns geht. So betrachtet könnte man dankbar sein für die beiden. Und für die vielen anderen, die da mitarbeiten, die Gemeinderäte, die ehrenamtlichen Mitarbeiter. Ohne die würde es nicht gehen. Danke.

Da fällt mir ein: Ich bin auch dankbar, dass ich schon drei Jahre lang gute Blutwerte hatte. Ich bin ja doch immer ein bisschen besorgt vor der Routineuntersuchung, nachdem der Arzt ein paar Auffälligkeiten entdeckt hatte. Aber jetzt ist schon länger alles im grünen Bereich. Danke. Und danke den großartigen Medizinmännern, die irgendwelche Chemie zusammenrühren und daraus Tabletten gießen, die meinen stotternden Motor wieder rund laufen lassen. Danke, ja Danke kann ich auch für meine Gesundheit sagen.

Und danke dafür, dass ich in diesem Teil der Welt geboren bin. Dass ich lesen, schreiben und denken gelernt habe. Danke, dass ich arbeiten kann. Und arbeiten darf. Danke, dass ich über all diese Dinge mal in Ruhe nachdenken kann. Danke für …

Mensch, das sprudelt ja plötzlich! Ich brauche ein größeres Blatt. Oder noch besser: Ich gehe los und kaufe mir ein schön gebundenes Buch mit leeren Seiten und schreibe da hinein. Ich schicke gleich meine Sekretärin, die soll mir so ein Buch holen. Ach nein, das würde meine Frau sofort merken, ich gehe lieber selbst los.

Na, da wird sie Augen machen: Unter dem Weihnachtsbaum ein voll geschriebenes Buch. Ich sehe es schon vor meinem inneren Auge: Sie nimmt staunend das Buch in die Hand, sie blättert darin. Und dann schlägt sie die letzte Seite auf. Und da steht in meiner schönsten Sonntagsschrift:

Danke, mein Schatz, für deinen verrückten Weihnachtswunsch!

Josef und der neue Name

„Josef, leg noch etwas Holz nach!"

Der etwa zehnjährige Junge schreckt hoch. Natürlich eilt er sofort los, um gut gelagertes Brennholz zu holen. Ohne zu antworten schlüpft er durch die niedrige Tür nach draußen. Dabei würde er eigentlich viel lieber sitzen bleiben und weiter lauschen. Die Beratung der Männer ist so spannend, da möchte er am liebsten kein Wort verpassen.

Über die Vergangenheit und über die Zukunft seines Heimatdorfes sprechen sie heute Abend. Zwei Themen, für die er sich brennend interessiert. Deshalb kauert er schon seit Stunden neben dem Eingang in einer wenig beleuchteten Ecke des kleinen Raumes. Keinen Mucks hat er von sich gegeben, er will einfach keinen Grund dafür liefern, ihn wegzuschicken. Doch beide Ohren hat er gespitzt und bisher alles, wirklich alles mitbekommen, was die Männer besprochen haben.

Nein, das waren keine vertrauten Geschichten … so wie die, die Großvater ihm manchmal aus den alten Schriften vorlas: von Stammvater Abraham, seinem Sohn Isaak und seinem Enkel Jakob. Von seinem Namensvetter, dem schlauen Josef, der so viel durchmachen musste, bevor am Ende alles gut ausging.

Von David, dem Namenspatron der Familie, dem großen König mit dem Palast und den vielen Erfolgen auf dem Schlachtfeld. Oder von Salomo, der den Tempel des Ewigen bauen durfte und ihn mit unvorstellbarer Pracht ausstattete.

All diese wunderbaren Geschichten kennt der Junge fast auswendig, so oft hat er sie gehört. Und überhaupt ist er ganz selbstverständlich mit den alten Worten aufgewachsen. Jeden Abend, wenn die Mädchen zur Quelle unterwegs waren, um Wasser zu holen, haben Großvater und er gemeinsam ein paar Sätze wiederholt. Immer weiter hatten sie sich hineingedacht und hineingebetet in die alten Zeiten. Mose, Josua, Gideon, Debora, Esther – alles alte Bekannte für Josef.

Doch was er da heute Abend gehört hat, ist neu für ihn. Die Worte haben ein Feuer der Begeisterung in ihm entfacht – davon will er unbedingt mehr hören. Und deshalb fliegt Josef regelrecht den steilen Abhang hinab, zu dem einfachen Haus, in dem er mit seinen Eltern lebt. Gleich neben der Werkstatt des Vaters hat er Brennholz aufgetürmt. Von weit her zusammengetragen, auf die richtige Länge eingekürzt. Davon will er jetzt einige Scheite holen.

Keuchend kommt Josef beim Holzstapel an.

Er bleibt stehen, sieht sich nach einem Korb um, fängt dann sofort damit an, ihn vollzupacken. In seinem Kopf wirbelt ein Sturm von Gedanken, von Informationen und Fragen. Was genau haben die Männer da eben erzählt?, fragt er sich: Aus der Gefangenschaft sind wir hierher nach Galiläa gekommen? Aus einem fernen und vollkommen fremden Land? So fremd, dass die Menschen dort den Ewigen nicht kennen? Und das alles vor gar nicht allzu langer Zeit? Unfassbar!

Geahnt hat Josef das ja schon lange. Aber jetzt hat er es mit eigenen Ohren gehört: Seine Familie und ihre Vorfahren haben also nicht immer hier gelebt, in den Bergen Galiläas. Wo genau im Land sie ursprünglich zu Hause waren, das konnte keiner der Männer mehr sagen. Aber einiges wussten sie ganz genau: dass die Großfamilie vor ein paar Hundert Jahren mit Gewalt nach Babylon verschleppt worden war. Dass sie dort als Fremde mitten unter einem mächtigen, heidnischen, hochnäsigen Volk leben mussten. Dass sie nach drei Generationen durch das barmherzige Eingreifen des Ewigen freikamen. Und dass sich die Mutigsten der Sippe dann auf den Weg in die alte Heimat machen konnten – darüber hatten die Männer heute viel zu erzählen.

Und dann auch noch darüber, wie vor einigen Generationen diese Handvoll mutiger Menschen aus der Familie durch die verlassene Landschaft gezogen war. Rückkehrer, Flüchtlinge auf der Suche nach einer verlorenen Heimat. Habenichtse, die lechzten nach einem Neuanfang. Bitterarm. Ausgehungert und ausgedörrt wie Gras im heißen Sommer. Und doch angetrieben von zwei Kräften: von der Suche nach einer neuen Heimat für sich und ihre Nachkommen. Und vom Vertrauen auf ihren Gott, auf den Ewigen, der mit ihnen gezogen war in die Verbannung und auch wieder zurück in die Heimat.

Josef schichtet Holzstück auf Holzstück ordentlich in den Flechtkorb, viele ungeordnete Gedanken wirbeln in seinem Kopf herum. Gerade will er den mittlerweile schwer beladenen Korb packen und losstürmen, da hört er seinen Namen, gleich hinter sich. Mutter. Ausgerechnet jetzt. Zu spät um einfach loszurennen, das ist ihm sofort klar.

„Mein lieber Josef, ich sehe, du bringst den Männern Holz. Das ist gut. Ich bin stolz auf dich. Aber sag: Was besprechen die denn heute Wichtiges, warum dauert es denn gar so lange?"

Josef erinnert sich noch einmal an seine Erkenntnis von gerade eben: Weglaufen ist zwecklos. So ruhig und so beherrscht, wie er es nur vermag, geht er auf die Frage seiner Mutter ein. Gleichzeitig versucht er ihr ganz knapp zu antworten, damit er möglichst schnell zurückrennen, das Holz abliefern und weiter zuhören kann.

„Mutter, die Männer haben von früher erzählt. Wie wir hierhergekommen sind. Wie der Ewige uns diesen Platz gezeigt hat. Wie unsere Urururgroßeltern hier mit nichts begonnen haben."

Die Frau hört ihrem Sohn mit halb geschlossenen Augen zu, nickt ein wenig. „Gut, dass du unsere Geschichte kennenlernst, mein lieber Josef, sehr gut. Wer zurückblickt, kann für die Wege lernen, die noch vor ihm liegen. Wer sich daran erinnert, wie der Ewige geholfen hat, der bekommt auch Vertrauen auf seine Hilfe heute und in der Zukunft …"

Josef lächelt bemüht und atmet tief durch. Er weiß: Wenn seine Mutter anfängt, vom Ewigen zu schwärmen, dann kann das dauern. Aber er will doch nicht länger warten.

„Mutter, ich muss los, die brauchen dringend Holz, die sollen doch nicht erfrieren. Sie sprechen im Rat nämlich gleich noch über, über …"

Josef wird rot. Gerade noch rechtzeitig ist ihm eingefallen: Der Gesprächsgegenstand, den er um ein Haar ausgeplaudert hätte, ist streng geheim. Vorerst nicht für die Ohren der anderen im Dorf bestimmt. Das hatten die Männer sich gegenseitig zu Beginn ihrer Beratung versprochen.

Das hatte ihm sein Vater extra noch einmal eingeprägt: „Josef, mein Sohn, du darfst ausnahmsweise zuhören, weil es ja auch um deine Zukunft geht. Aber kein Sterbenswörtchen über das, was hier gesprochen wird, zu keinem anderen Menschen, verstanden?"

Die Mutter hat sofort bemerkt, dass ihr Sohn ihr nicht alles preisgeben will, was er weiß. Sie tut entrüstet, gibt ihrer gütigen Stimme einen etwas strengeren Ton: „Josef, keine Geheimnisse vor deiner Mutter! Was ist da heute beim Rat los?"

„Mama, nein, bitte verstehe doch, ich kann nicht. Ich darf nicht. Und ich hab's versprochen, kein Wort …"

Josef nutzt einen Moment, in dem seine Mutter unaufmerksam ist. Wortlos rennt er los, als ginge es um sein Leben. Seine Mutter lächelt ihm hinterher. Sie wird ja ohnehin gleich erfahren, was die Männer da ausgebrütet haben. Dann, wenn ihr Mann nach dem Ende der Sitzung nach Hause kommen wird.

So schnell er kann, rast Josef zurück zu den Männern. Das Haus, in dem der Rat zusammensitzt, ist eins der größten im Dorf. Sie haben es mit vereinten Kräften vor Kurzem erst fertig gebaut. Angeleitet von Josefs Vater, dem Fachmann für Holz, Stein und alle Arten von Bauwerken. Vater hat den Bau aller neuen Häuser überwacht, die hier im Dorf stehen. Und die alten Häuser aus der Zeit der Urgroßeltern und noch davor, die hat Vater Jahr für Jahr nach allen Regeln der Handwerkskunst ausgebessert und winterfest gemacht.

Unten in der Senke, gleich neben der Quelle, die sie alle zuverlässig mit Wasser versorgt, da stehen die ältesten und kleinsten Häuser des Dorfes. Da leben und arbeiten auch die Mitglieder von Josefs Familie. Und je höher man kommt in dem kleinen Talkessel, desto neuer und desto größer die Häuser.

Zu den aufregenden Dingen, die Josef heute erfahren hat, gehört die Tatsache: Seine Vorfahren waren bei den Allerersten dabei, die hier ganz neu anfingen. Deswegen lebt Josefs Familie bis heute so dicht bei der Quelle, mit der alles begann.

Nach langer Irrfahrt hatten damals die Rückkehrer auf der Suche nach Heimat schon fast aufgegeben. Entweder sie kamen durch Dörfer, in denen kein Platz für die Heruntergekommenen aus der Verbannung war. Oder sie wanderten endlos durch verlassene Landschaften, die verwahrlost und unbewohnbar waren. Ohne die Hilfe des Ewigen hätten sie sicher aufgegeben, überlegt Josef.

Doch dann hatten sie in den Hügeln diese freundliche Senke entdeckt, die Quelle, den guten Boden, den sie bebauen konnten. Alles eingebettet zwischen steile Abhänge, die ihrer kleinen Siedlung Schutz vor Wind und Wetter und Schutz vor Angreifern würden bieten können. Da waren sie sich bald ganz sicher: Der Ewige hat uns hierher geführt. Hier ist alles für uns vorbereitet.

Und so hatten sie sich genau hier neben der

Quelle niedergelassen. Sie hatten ihre ersten bescheidenen Häuser aufgebaut und ein neues Leben nach dem Leben in der Fremde begonnen.

Nur ein paar Meter noch, dann kann Josef wieder zurückschlüpfen in das Haus, in dem die Männer beraten. Er spürt einen Hauch von Stolz, als er all das bedenkt: Meine Leute haben das alles hier mit aufgebaut! Als hier noch keine gemauerten Häuser und Terrassen standen, noch keine Türme und keine Keltern, keine Synagoge und keine Zisterne, schon damals waren meine Leute hier.

Irgendwie sind wir schon eine ganz besondere Familie, denkt Josef. Wir stammen ja alle direkt vom großen König David ab. Der mächtige König ist unser Ahnherr. Sein Blut fließt auch in meinen Adern. Vielleicht waren meine Urururgroßeltern deswegen so mutig? Und vielleicht habe ich ja auch selbst auch ein bisschen was von König David in mir?

Josef lächelt. Er ist vor dem Haus angekommen, in dem sich der Dorfrat heute versammelt hat. Er klopft, schiebt die Tür auf, betritt den dunklen Raum. Die Männer reden weiter, ohne ihn zu beachten. Er schleicht an ihnen vorbei zur Feuerstelle und legt nach. Und im gleichen Augenblick schärft er seine Ohren und versucht mitzubekommen, an welchem Punkt die Männer gerade angekommen sind.

„Wir können dem Ewigen nur unendlich dankbar sein, dass er unsere Väter hierher geführt hat. Und dafür, dass er unser Dorf hat wachsen lassen in den letzten Jahrzehnten", hört er Abimelech sagen. Die anderen stimmen zu, einige nicken. Da spricht Abimelech aus, worauf er hinauswill: „‚Dankbarkeit‘, das wäre doch ein guter Name für unser Dorf!"

Jetzt endlich versteht Josef das eigentliche Ziel der heutigen Beratungen: Die Männer wollen festlegen, wie ihr Dorf heißen soll! Deswegen erst die Ausflüge in die Vergangenheit, deswegen die Erinnerung an die Vorgeschichte des Dorfes. Fast hätte Josef durch die Zähne gepfiffen. Du meine Güte, ich bin rechtzeitig zurück, jetzt wird's richtig spannend.

„Dankbarkeit, ein sehr guter Vorschlag, vielen Dank dafür, lieber Abimelech." Schemaja, der älteste der Männer aus dem Dorf, leitet das Gespräch. Er probiert aus, wie sich der vorgeschlagene Name für das Dorf anhören würde und wiederholt, mal eher leise, mal etwas lauter: „Dankbarkeit, Dankbarkeit."

Als er still wird, meldet sich Menachem zu Wort. Menachem ist ein Witwer, im letzten Jahr sind sein Frau und seine beiden Töchter gestorben. Ein Fieber hat sie dahingerafft. Seitdem ist Menachem ein gebrochener Mann. Wortkarg, bitter, einsam. Welchen Namen wird Menachem jetzt wohl vorschlagen?, fragt sich Josef.

„Dankbar sind hier sicher nicht alle, glaube ich doch", setzt Menachem an. „Abimelech, mir klingt der Name ‚Dankbarkeit' ehrlich gesagt etwas zu lieblich. Die Jahre und Jahrzehnte des Aufbaus waren so hart, unsere Vorfahren haben so schwer gekämpft. Nichts blieb uns erspart. All das muss sich doch im Namen unseres Dorfes ausdrücken. Wie wäre es mit einem Namen wie ‚Steiniger Boden' oder ‚Feld der Tränen'?"

Menachem schweigt. Die anderen Männer ebenfalls.

Josef spürt: Keiner hier möchte sich diesen Vorschlägen anschließen.

Wie auf Kommando fangen auf einmal gleich mehrere der anwesenden Männer an zu reden. Jeder nennt einen Begriff, jeder hat einen guten Vorschlag, einen passenden Namen für das Dorf, das er und seine Vorfahren im Schweiße des Angesichts aufgebaut haben.

Die Luft vibriert von den großen Begriffen, die genannt werden „Gnade des Herrn", „Gottesgeschenk", „Quelle des Ewigen".

Josef würde am liebsten begeistert klatschen, jeder Vorschlag gefällt ihm.

Nein, Menachems düstere Sicht darf sich nicht durchsetzen. Josef freut sich darauf, bald in einem Dorf mit einem klangvollen, schönen Namen zu leben.

Da sieht er mit Erstaunen, dass sein Vater aufsteht und sich dem Korb zuwendet, den Josef vorhin nicht weit weg von der Feuerstelle abgestellt hat. Jakob blickt dabei so konzentriert auf den Korb, dass um ihn herum Ruhe einkehrt. Acht Augenpaare richten sich auf Jakob, versuchen herauszubekommen, was genau er in diesem Korb entdeckt hat.

Jakob tritt dicht an den Korb heran. Er geht in die Hocke und greift einen der Äste aus dem Korb. Dann erhellt sich sein Gesicht.

„Das ist es. Josef hat uns den richtigen Hinweis direkt vor unsere Nasen gestellt. Genau so müssen wir uns nennen!"

Josef mag den tiefen Bass des Vaters. Er ist stolz auf diesen Mann. Jakob, den manche auch Eli nennen, wird von allen im Dorf geachtet, sein Wort hat Gewicht. Er weiß, wo man anpacken und helfen muss. Er spricht meistens durch Taten. Selten macht er viele Worte. Aber wenn Jakob einmal den Mund aufmacht, dann ist Wertvolles zu hören.

Doch heute versteht Josef nicht, wovon sein Vater redet. Den anderen in der Runde geht es genau so, das kann Josef ihren Gesichtern ansehen.

Jakob beginnt langsam zu erklären: „Schaut nur hier, dieser dicke Olivenzweig, den Josef mitgebracht hat. Der lag auf meinem Feld. Ich hatte ihn abgeschnitten und achtlos zur Seite geworfen, Josef hat ihn neulich aufgesammelt und zu unserem

Brennholz gelegt. Und seht nur, hier: Da streckt sich doch tatsächlich ein Keim aus dem fast toten Zweig heraus, ganz klein, ganz sacht. Seht ihr hier, diese grüne Spitze." Jakob hat sich richtig in Fahrt geredet. So kennt Josef seinen Vater gar nicht.

„Dieser Spross soll uns den Namen geben, meint ihr nicht auch? Denkt nur, schon Jesaja, der Prophet, hat angekündigt: ‚Aus dem Stamm Isais wird eines Tages ein Spross herausbrechen und ein Zweig aus seiner Wurzel wird Frucht bringen' (Jesaja 11,1). Der Stamm Isais – das ist nichts anderes als der Teil unseres Volkes, der auf David selbst zurückgeht. Das sind wir, unsere Sippe. Isai war schließlich der Vater unseres Vorfahren David. Der Ewige hat uns durch den Mund des Jesaja versprochen: Eines Tages wird er aus unserer alten Sippe, diesem alten, beinahe abgestorbenen Stamm, etwas ganz Neues und Einzigartiges erwachsen lassen. Der Retter wird kommen, der Messias. Wie ein frischer junger Keim an diesem alten Zweig wird er kommen.

An diese Verheißung sollten wir erinnern, mit dem Namen unseres Dorfes. ‚Spross' soll es heißen. Wir alle leben ja von der Hoffnung auf diesen Spross. Wir alle sehnen uns danach, dass Gott uns überrascht und diesen Spross aus uns hervorgehen lässt. Lieber Menachem, nach all dem Leid, das du erleben musstest, nach all deinem Kummer – was könnte dir und uns allen mehr Hoffnung geben als die Aussicht, dass eines Tages dieser Spross wachsen wird?"

Jakob hat zu Ende gesprochen. Seine letzten Worte hängen noch in der Luft. Erst schweigen die Männer lange. Dann meldet sich Schemaja zu Wort.

„Du hast recht, Jakob, nach diesem Spross sollten wir uns den Namen geben. Wir leben doch alle von der Hoffnung auf den Ewigen, vom Vertrauen auf seine Worte. Wir warten darauf, dass er seine Zusagen wahr macht. Und gerade jetzt, wo Rom immer gieriger nach uns greift, wo unsere eignen Mächtigen so schwach und die Zeiten so trostlos sind – gerade jetzt wollen wir uns und unsere Nachbarn an den Spross erinnern, den Gott wachsen lässt!"

„Ich bin auch dafür, sehr guter Vorschlag, lieber Jakob." Nachum schaltet sich ins Gespräch ein: „Stellt euch nur vor, Gott würde diesen Spross tatsächlich hier wachsen lassen, bei uns. Stellt euch vor, er würde auch sein anderes Versprechen wahr werden lassen. Wisst ihr noch, auch davon spricht Jesaja: ‚Eine Jungfrau wird schwanger werden …'" (Jesaja 7,14).

Nachum stockt, sieht zu Josef. „Das ist jetzt eigentlich nichts für deine Ohren, aber das verstehst du ja zum Glück ohnehin noch nicht. Also stellt euch nur vor: Gott würde dieses unglaubliche Wunder hier bei uns tun, durch eine unserer Töchter, hier in unserem Dorf. Er würde tatsächlich seinen Retter, den Messias, mitten unter uns zur Welt kommen lassen. Das wäre dann der Spross, der uns Hoffnung gibt und alles verändert. Wir rechnen doch fest damit, dass der Ewige das tun kann. Also drücken wir das mit dem Namen unseres Dorfes auch aus!"

Eine heitere Einmütigkeit macht sich breit unter den Männern.

Auch Menachem nickt und stimmt so wortlos zu. Alle anderen Vorschläge haben sich in Luft aufgelöst. Schemaja muss gar nicht offiziell abstimmen lassen. Jedem im Raum ist klar: Der neue Name ist gefunden.

Und so erhebt sich Schemaja feierlich, blickt in die Runde und beginnt eine kleine Rede: „Ich danke euch allen, dass ihr gekommen seid. Ich danke ganz besonders dir, lieber Josef, dass du uns mit Holz und mit einer wunderbaren Idee versorgt hast. Kleiner Josef, wenn der Ewige es so will, dann wirst du vielleicht eines Tages dabei sein, wenn das große Wunder geschieht. Vielleicht darfst du den Messias noch mit eigenen Augen sehen. Wäre doch möglich, oder?

Gleich möchte ich noch mit euch allen ein Dankgebet sprechen. Wir sollten dem Ewigen danken für dieses Dorf und für den Namen, den es in Zukunft tragen wird. Aber vorher halten wir fest:

Es ist beschlossene Sache: Wir leben ab heute im Dorf ‚Spross‘, also in Nazareth.

Und du, Josef, du bist ab sofort Josef von Nazareth!"

Alarm am Heiligen Abend

„Zimmerbrand, Goslarer Straße 23, vermutlich mehrere Verletzte, darunter Kinder. Macht schnell. Ende." Die Stimme im Lautsprecher klingt gewohnt nüchtern und professionell. Und doch spürt Conny sofort: Der Diensthabende in der Rettungsleitzentrale ist ungewöhnlich stark besorgt.

Verständlich. Als erfahrene Notfall-Medizinerin erfasst sie sofort, welches Drama hinter den knappen Worten stecken könnte. Ein Brand mit Kindern unterm Weihnachtsbaum, ausgerechnet in der Nacht auf den 25. Dezember. Ausgerechnet an Heiligabend. Nicht auszudenken, was da alles passieren kann. Conny schüttelt sich. Sie ist sofort hellwach, obwohl sie vorher noch dösend auf der Liege im Bereitschaftszimmer gelümmelt hat. Sie schnappt ihre Ausrüstung, schlüpft in die weiß-rote Jacke mit der Aufschrift „Rettungsarzt im Einsatz" und rennt los.

Was für eine Nacht. Nicht einmal Zeit für ein winziges Nickerchen. Erst mussten sie einen betrunkenen Rentner versorgen, der vor seiner früheren Wohnung randaliert und sich dabei zwei Finger gebrochen hatte. Inzwischen schläft der seinen Rausch vermutlich in der Ausnüchterungszelle aus.

Dann zweimal leichte Herzanfälle bei älteren, allein lebenden Damen. Conny konnte in beiden Fällen nicht sicher sagen, ob es wirklich medizinische Gründe für den Notarzt-Einsatz gegeben hatte oder ob die beiden Damen einfach nur mit irgendwem sprechen wollten an diesem besonderen Abend.

Sie hatte beide nach allen Regeln der Heilkunst untersucht, sich Krankheitsgeschichten erzählen und Medikamente zeigen lassen, hatte schließlich dazu geraten, mehr zu trinken, sich mit leicht erhöhtem Kopf langzulegen und auszuruhen. Und dann war sie mit einem eher beiläufigen „Fröhliche Weihnachten noch!" zurück in den Einsatzwagen geeilt.

Jetzt also Einsatz Nummer vier in dieser Nacht, die man die „Heilige" nannte. Ein echter Notfall.

Conny fröstelt, als sie neben dem jungen Sanitäter Platz nimmt. Tom hat nach einem Freiwilligen Sozialen Jahr gleich seine Ausbildung zum Rettungssanitäter drangehängt. Er liebt es, Menschen zu helfen. Und ganz besonders liebt er es, mit Blaulicht durch die Straßen zu rasen und auf all die Regeln zu pfeifen, die für die anderen Verkehrsteilnehmer gelten.

Diese Leidenschaft jedenfalls kann Tom jetzt voll ausleben. Conny seufzt und schließt die Augen. Sie spürt, dass Tom jedes PS aus dem Einsatzwagen herausholt. Gemeinsam schießen sie mit hohem Tempo durch die menschenleeren Straßen der kleinen Stadt.

„Für uns ist das ein eiliger Abend, kein Heiliger", lacht Tom, während er in den vierten Gang schaltet.

Quäkend meldet sich die Stimme aus dem Funkgerät, die Leitzentrale hat neue Informationen. „Feuerwehr ist schon vor Ort. Der Klassiker: Weihnachtsbaum in Flammen. Wohnung voller Rauch, aber wohl gerade noch mal gut gegangen. Zahl der Verletzten: vermutlich drei. Ende."

„Verstanden, danke", meldet Conny zurück. „Formel-Eins-Pilot Tom sorgt dafür, dass wir in zwei Minuten da sind!"

„Und dann nichts wie hoch in den zweiten Stock", befiehlt die Stimme aus dem Lautsprecher. „Die Feuerwehr weist euch den Weg! Ende."

Tom hat noch nicht mal die Handbremse angezogen, da springt Conny mit ihrer Notfalltasche schon vom Beifahrersitz und rennt los, in die Richtung, die ihr ein Feuerwehrmann zeigt. Auf dem Weg nach oben trifft sie auf weitere Feuerwehrleute. Ein paar verstört blickende Nachbarn in festlicher Kleidung stehen ratlos im Treppenhaus herum. Ihr fehlt die Kraft, sie zurückzuschicken in ihre Wohnungen. Sie spürt, dass diese Menschen angespannt und voller Sorge sind.

Ein älterer Herr wünscht ihr schnell „Viel Erfolg!" für den Einsatz, und nur noch wie von ferne nimmt sie seine letzten Worte wahr: „... sind doch so nette Mädchen ..."

Und schon landet sie durch die offen stehende Wohnungstür direkt im Flur und drei große Schritte später im Wohnzimmer.

Ein Feuerwehrmann kniet auf dem Boden, neben zwei Mädchen, die auf dem Boden liegen. Sie muss kein Wort sagen, er rutscht auf den Knien zur Seite und lässt sie ihre Arbeit tun.

Gott sei Dank, die Kleinen leben!, denkt Conny.

Sie nimmt den Geruch von Feuer und Asche wahr, der in der Luft liegt, obwohl die Feuerwehr alle Fenster aufgesperrt hat. Sie sieht Brandspuren an den Trainingsanzügen der Mädchen, sieht, dass bei der Kleineren ein Teil der Haare angesengt ist.

Vorsichtig nimmt sie die Hand des etwa acht Jahre alten Mädchens, will den Puls fühlen. Da schlägt die Kleine die Augen auf, lächelt wie aus einer anderen Welt und fängt an zu strahlen. „Mama! Gut, dass du da bist!" Dann fallen ihr die Augen wieder zu, ihr Lächeln aber strahlt weiter.

Der Puls ist okay. Conny ist beruhigt. Routiniert und blitzschnell untersucht sie das Kind. Ein Schock, die auf einer Seite angesengten Haare, ein paar leichte Brandwunden, mehr kann sie nicht entdecken. Sie flüstert Tom, der inzwischen hinter ihr steht, genaue Anweisungen zu. Dann wendet sie sich zu dem größeren der beiden Mädchen. Die Feuerwehrleute haben das Kind in stabiler Seitenlage neben dem Sofa auf den Teppich gebettet.

Auch dieses Mädchen hat die Augen geschlossen. Auch sie öffnet sie langsam, als Conny ihren Puls fühlen will. Und auch sie – Conny mag es erst nicht glauben – schaut sie an, beginnt zu lächeln und sagt leise „Mama".

Die etwa Zehnjährige scheint mehr abgekriegt zu haben als ihre kleine Schwester. Sie atmet zu schnell, ihr Herz schlägt unruhig. Wahrscheinlich eine Rauchvergiftung. Aber auch an ihrem Körper kann Conny nur sehr leichte Brandverletzungen entdecken.

Conny spürt, wie sie erleichtert aufatmet, die schlimmsten Befürchtungen haben sich nicht erfüllt.

„Frau Doktor, bitte – sofort! Hier hinten, der Vater, hat gerade eben das Bewusstsein verloren …"

Ein Satz zu Tom, dann lässt Conny sich von einem Feuerwehrmann nach nebenan schieben, an angekokelten Möbeln und einer rußgeschwärzten Wand vorbei. Auf der linken Seite eines Doppelbetts sieht sie einen Mann liegen.

„Reagiert nicht mehr", meldet der Feuerwehrmann, der den Verletzten bisher versorgt hat. „Keine ernsthaften äußeren Verletzungen, aber vermutlich Rauchgasintox."

Conny nickt, sie sieht, dass der Feuerwehrmann die richtige Diagnose gestellt hat. Augenblicklich beginnt sie damit, den Mann wiederzubeleben.

„Tom, Sauerstoff, schnell", ruft sie kurz darauf und schrickt zusammen, als der Rettungssanitäter direkt hinter ihr bestätigt.

„Schon bereit, Conny. Hab die Flasche sicherheitshalber mitgeschleppt. Die Mädchen sind übrigens in guten Händen, eine Nachbarin ist bei ihnen."

Während Tom die Sauerstoffmaske über Mund und Nase des Verletzten legt, zieht Conny eine Spritze auf. Hydroxycobalamin, ganz langsam direkt in die Vene. Conny atmet auf. Der Kreislauf des Patienten reagiert auf den Sauerstoff. Ein sehr gutes Zeichen.

Sie spürt zum zweiten Mal innerhalb weniger Minuten Erleichterung. Auch diesen Patienten wird sie durchbringen. Auch er wird sich zwar noch lange an diesen schlimmen Weihnachtsabend erinnern. Aber er wird leben. Und wird sich am Leben seiner Töchter freuen.

„Gut gemacht, Tom. Sag mir Bescheid, wenn sich am Zustand des Patienten etwas ändert", ordnet Conny an.

Sie tritt ein Stück zur Seite, sieht aus dem Fenster nach draußen und holt tief Luft. Die Weihnachtsdekoration auf den Straßen erinnert sie daran, was für ein Tag heute ist. Was für eine Nacht.

Und ein passendes Weihnachtsgeschenk hat sie gerade auch bekommen. Drei Menschenleben. Wenn das kein Geschenk ist, was denn dann!

Conny fühlt sich jetzt beschwingt, als hätte sie ein Glas Prosecco auf nüchternen Magen getrunken. Sie ist zufrieden mit sich, ja regelrecht glücklich wie schon lange nicht mehr.

Ihre erste Schicht an einem hohen Feiertag!

Sie ist erst seit ein paar Monaten in diesem Team. Nach einigen wilden Auslandsjahren in Somalia und Eritrea hat sie sich einen ruhigeren Job irgendwo in Deutschland gesucht. Nichts Dauerhaftes, nur für ein paar Monate. Zum Ankommen und Sich-Umschauen. Und so ist sie ausgerechnet hier gelandet, zwischen Ruhrgebiet und Nordseeküste. In einer ihr bis dahin vollkommen unbekannten Stadt.

Außer ein paar Kollegen wie Tom kennt sie niemanden hier. Keine Familie, keine Freunde. Da war es schon richtig, dass sie sich für den ungeliebten Dienst über die Feiertage freiwillig gemeldet hat. Zu Hause sitzen und sich vor dem Fernseher langweilen wäre jetzt keine Alternative. Natürlich, wenn sie selbst so süße Töchter hätte wie die beiden dort drüben …

Aber sie ist kein Familienmensch. Hat sich schon während der Schulzeit komplett von daheim abgenabelt, die letzten beiden Jahre vor dem Abi abwechselnd mit Kellnern und Pauken verbracht. Und als sie zum Studieren wegzog, suchte sie sich mit Absicht die Uni aus, die am weitesten weg war von ihrem alten Leben. Ihre Eltern, ihre kleinen Geschwister, die Enge dieser kleinbürgerlichen Welt – all das hat sie ganz bewusst hinter sich gelassen. Abgestreift wie ein Kleidungsstück, aus dem man herausgewachsen ist.

Ein paar Umzüge von WG zu WG. Der Spagat zwischen Jobben und Studieren. Dann der Druck des Examens. Die anstrengenden Praktika und schließlich die erste Assistenz-Stelle an einem kleinen Krankenhaus – sie hat sich mächtig reingekniet, um eine gute Ärztin zu werden.

Dass darüber sämtliche Kontakte in ihr früheres Leben verschwanden, nahm sie eher gleichmütig zur Kenntnis. Umso leichter fiel es ihr dann, sich für ein Leben als Mitarbeiterin von international tätigen Hilfswerken zu entscheiden. Im Einsatz für Menschen gerade dort in der Welt, wo die Verhältnisse besonders fürchterlich waren. Jeder Tag ein Abenteuer. Jeder Tag ein Kampf um das nackte Überleben vieler Menschen. Unter erbärmlichen Bedingungen.

Ja, kämpfen kann ich, denkt sich Conny. Das sagen alle über mich. Aber leben, mein Leben gestalten – das hat mir nie jemand beigebracht.

Und jetzt stehe ich hier und wische mir die Tränen aus den Augen, nur weil diese beiden Mädchen mich in ihrem Schock mit ihrer Mutter verwechseln.

Conny hört laute Stimmen aus dem benachbarten Wohnzimmer. Tom erklärt: „Jetzt ist wohl die Mutter der beiden heimgekommen. Die Nachbarin hat mir erzählt, dass sie dringend heim zu ihren Eltern musste. Der Vater liegt im Sterben, deshalb ist sie am späten Nachmittag losgefahren und war bei der Familienfeier unterm Weihnachtsbaum nicht dabei."

Jetzt hört Conny die helle Stimme der Frau, die matten Stimmen der Mädchen. Hört Gelächter. Spürt Freude und Dankbarkeit.

„Meine Schätze", wiederholt die Mutter immer wieder.

„Mama" hier und „Mama" da. Die Mädchen plappern, jetzt wohl wieder ganz bei sich. Doch jetzt ... jetzt gilt diese Anrede der richtigen Frau, grübelt Conny und ertappt sich selbst dabei, wie sich ihre Augen mit Tränen füllen.

„Stabiler Zustand. Wenn das noch eine Viertelstunde so bleibt, dann können wir ihn fertig machen für den Transport in die Klinik", meldet Tom.

Conny nickt.

„Ich weiß gar nicht, wie ich Ihnen danken soll ..."

Conny erschrickt, die Stimme der Frau ist plötzlich ganz nahe, direkt hier im Zimmer. Conny dreht sich um und ...

Filmriss. Schwärze. Ohnmacht.

Als Conny die Augen wieder aufschlägt, sieht sie eine Szene vor sich, die sie nicht glauben kann. Träumt sie noch oder ist sie wach?

Sie liegt neben dem Patienten auf dem Doppelbett, irgendwer hat ihre Füße hochgelagert. Und neben ihr steht, steht ... eine Frau, die ihr wie aus dem Gesicht geschnitten scheint. Ein paar Jahre jünger vielleicht, das Haar eine Spur heller, aber sonst ... Genau wie ich!, schießt es Conny durch den Kopf.

Sie kann nicht glauben, was sie da sieht. Schließt die Augen wieder und öffnet sie erneut. Die Frau ist immer noch da. Sieht ihr immer noch unglaublich ähnlich.

Die Augen dieser Frau wandern von dem Mann unter der Sauerstoffmaske hin zu Conny. „Geht es wieder, Frau Doktor ...?", fragt sie hörbar besorgt.

„... Frau Doktor Hainbauer", vervollständigt Tom den in der Luft hängenden Satz.

„Hainbauer? Tatsächlich? Ich fass es nicht. Das ... das gibt's doch nicht. Cornelia! Das darf doch einfach nicht wahr sein ..."

„Ich ... ich weiß nicht, ich versteh gerade überhaupt nichts ..." Conny rappelt sich mühsam hoch, versucht, sich auf die Bettkante zu setzen, wird fast umgerissen von der Frau, die sich ohne Vorwarnung auf sie wirft und sie stürmisch umarmt.

„Cornelia, ich glaub es nicht. Du hier? Ich bin Sieglinde, deine kleine Schwester. Und wenn ich die Lage hier richtig einschätze, dann hast du gerade deinem Schwager und deinen beiden Nichten das Leben gerettet!"

Die Frau kann vor Rührung nicht weitersprechen. Sie greift zu einem Taschentuch, wischt sich die feuchten Augen. Dann nimmt sie ihre Schwester fest in den Arm.

„Frohes Fest … du Weihnachtsengel. Dich muss es ja vom Himmel hoch direkt zu uns heruntergeschneit haben!"

Friedenslicht
und Friedensgrüße

„Herzliche, ganz herzliche Grüße. Von Rahel. Das ist meine, *meine Frau."*

Der gedrungene Mann am Eingang stammelt mehr als er redet. Sein Umhang in unbestimmbarer Farbe ist mehrfach gestopft, seine ganze Erscheinung ärmlich. Eine unendlich lang scheinende halbe Minute schon steht er da im Halbdunkel, angelehnt an den wackligen Türpfosten. Unsicher, ja ratlos. Als wolle er sich im liebsten gleich wieder verziehen. Oder als müsse er erst einmal Kraft sammeln, bevor er den Raum betreten kann, der notdürftig von ein paar glühenden Holzscheiten in einer Feuerstelle erleuchtet ist.

Mehr als den gestammelten Gruß bringt er zunächst nicht heraus. Er schweigt, atmet schwer, dann erst wirft er einen kurzen Blick hinüber zu den Menschen, die da in einer Ecke kauern. Nur einen kurzen Moment lang schaut er zur Mutter, zum Vater, zu ihrem Baby. Dieser Anblick verändert ihn. Er wird ruhiger, er beginnt zu strahlen. Doch nach wenigen Wimpernschlägen wandert sein Blick unruhig weiter durch den düsteren Raum.

„Schalom, wir kennen dich doch, warst du nicht schon heute Nacht hier?" Die junge Frau hat sich etwas aufgerichtet. Sie wirkt abgekämpft und müde, aber sie lächelt dem Besucher freundlich zu. Ein warmes, gewinnendes Lächeln, das den Mann an der Tür aufzuwärmen scheint.

„Schalom, Schimon. Ich heiße Schimon. Und ja: Ich war heute Nacht auch schon hier. Das war ja vielleicht was. Unfassbar. Ich habe danach kein Auge mehr zugekriegt. Das war so, so, so …"

„So himmlisch wolltest du sagen, Schimon?" Die junge Frau lächelt wieder und wärmt die armselige Umgebung mit ihrem Lächeln. Und ganz besonders den unsicheren Mann an der Tür.

Der scheint aus diesem Lächeln unerwartete Kräfte zu beziehen. Mit einem tiefen Atemzug strafft er seinen Körper, räuspert sich und spricht mit deutlich kräftigerer Stimme als vorher:

„Genau, ja, du sagst es. Und jetzt … also ich bin Schimon, das wisst ihr ja jetzt. Ich bringe euch Grüße mit von Rahel, meiner Frau. Friedensgrüße. Sie hat mich noch einmal hergeschickt. Und später wird sie selbst auch noch vorbeikommen und die Kinder mitbringen. Sie ist schon mächtig gespannt auf euch! Und ich soll euch mit einem ganz besonderen Satz grüßen: ‚Gottes Friede möge euch und euer Kind erleuchten!'"

Schimon streift beim Reden seine Unsicherheit immer mehr ab. Satz für Satz wirkt er ruhiger, sicherer.

„Als das hier vorbei war, da bin ich sofort heimgerannt zu meiner Rahel. Ich wollte ihr doch sofort erzählen, was hier los war. Sie sollte es doch gleich als Allererste hören. Ich bin in unsere Hütte gestürmt, am anderen Ende des Städtchens – die ist auch nicht viel besser als euer Verschlag hier, aber sie hat wenigstens eine richtige Tür. Diese Tür hab ich aufgerissen und bin hinein zu Rahel und habe sie wachgerüttelt und mit einem Kuss nachgeholfen und …"

Der Mann in der Tür wirkt wie verwandelt. Lebendig und voller Kraft sprudeln die Worte nur so aus ihm heraus. Er ist schier nicht zu bremsen. Die junge Frau hört ihm zu und streichelt dabei das Kind in ihrem Arm. Ihr Begleiter – schon etwas älter als sie – verfolgt die Szene ohne sichtbare Regung, wie ein Beobachter von außen.

„Rahel, Ich hab den Retter gesehen!' Das waren meine ersten Worte, als sie die Augen aufschlug. ‚Ich habe den Retter der Welt gesehen, auf den wir schon so lange warten. Ich habe ihn mit eigenen Augen gesehen. Ich war ganz nah bei ihm. Ich habe vor ihm im Stroh gekniet. Zusammen mit den anderen, mit Eli, mit Aaron, mit Jitzchak. Und vorher haben wir schon die Engel gesehen, bei uns auf dem Feld. Wir hatten sie gehört. Sie sangen dieses unglaublich schöne Lied. Von der großen Ehre Gottes, vom Frieden für uns Menschen. Einfach wunderschön. Nicht von dieser Welt. Wir staunten und summten mit und konnten es nicht fassen. Und dann sind wir losgerannt, so schnell wir konnten, dorthin, wo die Engel uns hingeschickt hatten.'"

Die junge Frau lächelt wieder, dann unterbricht sie Schimon mit einer Handbewegung: „Du erzählst das alles so lebendig, dass ich es noch einmal erlebe, Schimon. Sag mal, hat deine Rahel dir diese himmlische Geschichte sofort geglaubt?"

Der Mann stockt. Offensichtlich hat er nie mit der Möglichkeit gerechnet, dass seine Frau ihn wegen dieses Berichts auslachen könnte.

„Nein, das heißt: Ja, klar, sie hat mir geglaubt. Meine Rahel kennt mich. Wir haben schon so viel zusammen durchgemacht. Von Kindesbeinen an kennen wir uns. Unsere Familien wohnten im gleichen Dorf. Wir haben zusammen an den Gräbern unserer Eltern gesessen und uns die Augen ausgeheult. Wir haben sehr früh geheiratet und vier Kinder zusammen bekommen. Als unser Haus abgebrannt ist, haben wir einander getröstet. Als wir fliehen mussten, fort von der Heimat, waren wir füreinander da.

Wisst ihr, wir leben noch nicht lange hier in der Gegend, wir sind noch gar nicht richtig hier angekommen. Keiner will mit uns Ausländern etwas zu tun haben. Aber Rahel und ich, wir kämpfen gerade jetzt zusammen. Wir lassen uns nicht unterkriegen. Gemeinsam geht das. Ich hab endlich eine feste Arbeit – ich darf auf die Herden der reichen Leute aufpassen. Und Rahel wäscht für ein paar Familien die Wäsche.

Ach, wieso erzähl ich euch das. Interessiert doch keinen, wie es uns einfachen Leuten geht.

Na, ich will sagen: Rahel kennt mich besser, als ich mich selbst kenne. Die weiß, wenn es mir ernst ist. Sie hat mich nur angesehen und gesagt: Mein lieber Schimi, das ist so schön, so wunderbar, erzähl mir alles, was du dir gemerkt hast, jede Kleinigkeit. Und so hab ich ihr dann alles erzählt, ein paarmal hintereinander. Und ich versuchte ihr sogar das Lied der Engel vorzusingen. So kläglich, dass sie lachen musste. Ich soll lieber nur den Text sagen, meinte sie, dann könnte sie es sich besser vorstellen. Alles habe ich erzählt. Und vor allem von, von eurem Baby da."

Schimon bricht seine mittlerweile schwungvoll fließende Rede ab und schweigt. Er blickt auf den schlafenden Säugling, den die junge Frau im Arm hält. Er strahlt. Er kann sich einfach nicht sattsehen an dem Kind.

Dann schaut er die junge Mutter wieder an.

„Nachdem ich alles erzählt hatte, einmal, zweimal, dreimal vielleicht, als ich ihr berichtet hatte von dem seltsamen Gefühl: dass dieses Baby da mich und mein Leben kennt, dass es weiß, was ich durchgemacht habe, dass es mich mag, dass ich wichtig für es bin ... Als ich ihr all das erzählt hatte, da sagte Rahel plötzlich, ich solle mal ganz still sein.

Dann küsste sie mich. Und dann meinte sie: ,Das Baby hat dich so verändert, mein Schimi. Du bist jetzt so fröhlich, so leicht, so unbeschwert. Wie ein kleiner Junge. Du hast alles vergessen, was dich sonst beschwert. Deine Bitterkeit, deine Angst, deine Sorgen – alles verflogen. Ich freue mich so mit dir darüber, dass du dieses Kind gesehen hast und dass es so viel in dir bewegt hat. Da muss Gott tatsächlich seine Finger im Spiel haben, Schimi.'"

Wieder schweigt Schimon. Flüsternd spricht er weiter, weil jetzt offenbar ein besonders wichtiger Teil seines Berichts folgt: „,Und jetzt' – so hat meine Rahel zu mir gesagt – ,und jetzt los! Du gehst auf der Stelle zurück zu dem Baby und zu seinen Eltern. Die brauchen bestimmt was zu essen. Geh sofort hin und bedanke dich für das, was sie dir geschenkt haben, hörst du?'

Meine Frau sprang auf, rannte durch unsere Hütte und stöberte in allen Ecken nach etwas, was eine junge Familie brauchen könnte. Aber wisst ihr, wir sind arme Leute, wir haben selbst fast nichts. Und so hab ich für euch nur diese beiden Fladen dabei. Wir hatten noch vier davon, diese beiden sind für euch, und zwei behalten wir für unsere Kinder. Hier ist noch eine Handvoll Oliven. Und dann habe ich hier noch etwas …"

Schimon nestelt an seinem Umhang, greift in eine Tasche, die er über der Schulter trägt.

„Wir haben zu Hause zwei Lampen für die kalten, langen Nächte. Hier ist eine davon. Wir schenken sie euch. Wir bedanken uns damit bei euch. Sie soll euch Licht spenden, wenn es mal dunkel in euren Herzen ist. Sie soll euch an das Friedenslied der Engel in dieser strahlenden Nacht erinnern. Sie soll leuchten, wenn das Baby mal Angst haben sollte.

Damit ihr nie vergesst: Gottes Friede möge euch und euer Kind erleuchten!"

„Uns und jeden Menschen auf diese Erde", ergänzt die junge Frau halblaut.

Schimon strahlt, beugt sich zu ihr hinunter. Mit ruhigen Händen holt er einen Docht aus seiner Tasche, steckt ihn in das tönerne Gefäß, gießt etwas Öl hinein. Dann zieht er ein glühendes Stück Holz aus dem Lagerfeuer und hält es so lange an den Docht, bis eine kleine Flamme zu brennen beginnt.

„Euer Kind ist ein Licht für mich. Ein Licht, das Rahel sehen konnte, ohne dabei gewesen zu sein. Deswegen kriegt ihr unser Licht. Und tausend Friedensgrüße von meiner Rahel!"

Schattenmänner

Im Bruchteil einer Sekunde war ihm klar: Gescheitert. Aus und vorbei. Der ausgeklügelte Plan, die wochenlangen Proben, die gut abgestimmte Strategie der von ihm gegründeten „Weihnachts-Schattenmänner" – alles vergeblich.

Dabei hatten sie alles so minutiös durchdacht, dass gar nichts schiefgehen konnte: Am Abend des vierten Adventssamstags, kurz vor achtzehn Uhr, würden sie sich alle als Weihnachtsmänner maskieren, mit dicken Bärten, um bloß nicht identifiziert werden zu können. Mit Bolzenschneidern, Schraubenschlüsseln und anderem Einbrecherwerkzeug würden sie nach einem genau ausgeknobelten System strategische Ziele in der Stadt erreichen und dort auf Kommando aktiv werden: Sicherungen herausdrehen, Kabel kappen, Kurzschlüsse auslösen, die gesamte Stromversorgung der Stadt mit einem Schlag beenden.

Das Team „Feuer und Flamme" würde dann auf einem Hügel am Rand der Stadt bereitstehen und den großen Schriftzug entzünden, den sie dort in aller Vorsicht vorbereitet hatten. So, dass die gesamte ins Dunkel getauchte Stadt ihn würde erkennen müssen: Weihnachten bedeutet eigentlich: Gott wird Mensch.

Er hatte sich so auf diesen Tag und auf diese Aktion gefreut. Seit Jahren hatte sich sein Ärger immer mehr aufgestaut: über Glöckchen klingende Rentierschlitten, tollpatschige Weihnachtsmänner und blonde Rauschgoldengelchen. Mit Weihnachten hat das alles nicht das Geringste zu tun, dachte er wütend, das lenkt nur von der Weihnachtsbotschaft ab.

Er versuchte, das Spektakel zu ignorieren. – Keine Chance, das musste er schnell feststellen. Auch wenn er sich fernhielt von Kaufhäusern und Weihnachtsmärkten, bei Weihnachtsreklame und Geschenktipps auf Durchzug schaltete, auch wenn er sämtlichen Freunden, Verwandten und Bekannten vorschlug, doch in diesem Jahr auf Geschenke zu verzichten und stattdessen irgendein sinnvolles Hilfsprojekt zu unterstützen – der Weihnachtsrummel war einfach überall. Er konnte ihm nicht entkommen.

Wirklich geschockt war er, als er plötzlich feststellte, dass er beim Tapezieren unbewusst so eine Melodie vor sich hin pfiff ... Er stutzte, als er sich selbst zuhörte: „Little Drummer Boy" – ausgerechnet diese amerikanische Schnulze über den kleinen Trommler, der angeblich auch zu Weihnachten dazugehören soll.

Nein! Jetzt ist wirklich Schluss, hatte er sich

daraufhin fest vorgenommen. Und im Internet eine Selbsthilfegruppe gegründet, eben die „Weihnachts-Schattenmänner". Die selbst ernannten Kämpfer gegen Leuchtreklamen, blinkende Tannenbäume und Weihnachtskitsch. Geradezu mühelos hatte er erst fünf, dann zehn, schließlich mehr als zwei Dutzend Gleichgesinnte aus der Gegend gefunden. Erst beschränkten sie sich darauf, bei wöchentlichen Chatrunden über Kitsch, Konsum und Kommerz herzuziehen.

Dann begannen sie ganz allmählich eine Strategie zu entwickeln. Er staunte, als er mitbekam, wie entschieden die anderen diesen Rummel ablehnten, mindestens so radikal wie er.

Warum? Etliche von ihnen machten mit, weil sie einfach gegen den Strom schwimmen wollten. Einige sehnten sich nach Weihnachten „wie in der guten alten Zeit" zurück. Und erstaunlich viele wollten ein Zeichen gegen den Weihnachtsrummel setzen, weil sie es als engagierte Christen nicht mehr hinnehmen wollten, dass der eigentliche Sinn von Weihnachten so aus dem Blick geraten war. Er staunte und konnte es kaum fassen.

Und so entwickelten die Schattenmänner ihre Strategie, spielerisch erst, dann immer ernster. Und am Ende einigten sie sich auf drei konkrete Ziele:

1. Die Weihnachtsnacht soll wieder Nacht sein – ohne all das Geflimmere und Geblinke.

2. Die Weihnachtskommerzbranche soll durch eine erzwungene Atempause einen kräftigen Dämpfer bekommen.

3. Die Menschen sollten daran erinnert werden, was Weihnachten eigentlich bedeutet.

Als die Ziele geklärt waren, fing die konkrete Planung an. Erstaunlich, wie einfallsreich und, ja, wie skrupellos seine Gesinnungsgenossen vorgingen. Einige hatten schon Erfahrungen bei Demos und Blockadeaktionen gesammelt, andere ließen sich mitreißen und sorgten für ungewöhnliche Ideen.

Und dann kam „der" Tag.

Alles war vorbereitet, alles klappte zunächst wie am Schnürchen. Pünktlich hörte er in seinem winzigen Ohrhörer das Stichwort und eilte los zu dem Sicherungskasten, für den er eingeteilt war. Das Brecheisen angesetzt, zwei, drei Schläge genügten – schon lag das Objekt seiner Begierde schutzlos vor ihm. Er wartete wieder und blickte abwechselnd auf seine Uhr und auf den jetzt noch im völligen Dunkel liegenden Hügel. Gleich würden sie dort aufleuchten, die Buchstaben, auf die sie sich nach langer Diskussion geeinigt hatten: „Weihnachten bedeutet eigentlich: Gott wird Mensch."

Er spürte ein Kribbeln in den Fingerspitzen. Dann hörte er das Signal und sorgte für absolute Dunkelheit in diesem Stadtviertel. Tatsächlich, sämtliche

Lichter um ihn herum gingen aus. Es wurde auf einen Schlag Nacht, dunkle Nacht. Voller Genugtuung und auch voller Erwartung ging sein Blick nach oben, auf den Hügel, wo sich erste Buchstaben abzuzeichnen begannen. „Weihnachten bedeutet" konnte er lesen. Dann aber folgte nichts mehr. Mist, irgendetwas war schiefgelaufen. Oberschief. Absolut schief. Waren die anderen Aktivisten vielleicht gestört worden?

Er rannte wie vereinbart los, möglichst schnell weg vom Tatort. Nach ein paar Straßenzügen hielt er keuchend in einer Ecke, verstaute das Weihnachtskostüm und das Handwerkszeug in einem großen Sack und warf ihn sich über den Rücken. Ein sicheres Versteck dafür hatten sie ausgekundschaftet, er ließ alles Auffällige dort schnell verschwinden.

Die Gedanken rasten ihm durch den Kopf, die Enttäuschung meldete sich wie ein stechender Schmerz unter den Schläfen. So eine verpasste Chance, es war zum Heulen!

Als alle Spuren verwischt und alle verdächtigen Utensilien beseitigt waren, schlich er durch die immer noch stockdunkle Nacht zu seiner Wohnung. Er legt sich schlafen, ohne SMS an irgendeinen der anderen. Er war einfach erledigt, schlief tief und fest.

Und dann träumte er. Träumte davon, dass die Aktion letztlich doch eine gewaltige Wirkung hätte.

Davon, dass diese beiden sichtbaren Worte eingeschlagen hätten wie eine Bombe: „Weihnachten bedeutet …" Die Menschen hätten das alle gelesen und als Aufforderung zum Nachdenken verstanden. Jeder hätte sich gefragt: Ja, was bedeutet Weihnachten denn eigentlich? Warum feiern wir dieses Fest? Warum feiere ich es?

Er sah es lebendig vor sich: Überall auf den Straßen bildeten sich spontane Grüppchen von Menschen, die sich über diese Fragen unterhielten. In den Kneipen und Geschäften gab es kein anderes Thema. Leidenschaftlich und mit großem Ernst wurde diskutiert und argumentiert. Die Medien stiegen voll auf das Thema ein, veröffentlichten Straßenumfragen und Expertenstatements, ließen Pfarrer zu Wort kommen und Menschen, die Weihnachten für etwas ganz Besonderes hielten. Bibelverse wurden gelesen und diskutiert. Die ganze Stadt, die ganze Welt, kannte nur noch eine Aufgabe: Diese Fragen zu klären. Jeder und jede wollte ganz persönlich herausbekommen, was denn eigentlich hinter diesem Fest steckt. Und – so träumte er – viele Menschen begriffen dabei zum ersten Mal in ihren Leben, was der Kern von Weihnachten ist. Und begannen sich über das Kind in der Krippe zu freuen.

Ein schöner Traum, viel zu schön. Als er aufwachte, schweißgebadet, aber irgendwie erleichtert, rieb er sich die Augen und überlegte lange. „Was war das eigentlich noch – Weihnachts-Schattenmänner?", fragte er sich. „Zu schade, dass ich den Anfang des Traums schon vergessen habe …"

Einfach mal träumen

„Jetzt aber schnell, wir sind ja nicht zum Vergnügen hier!" Lederer, der Leiter des Teams, setzt sein Dienstgesicht auf, unterbricht Gespräche und Gelächter und versucht sich Gehör zu verschaffen.

„Wenn das Geschirr weggeräumt ist, lassen wir uns noch von dem feinen Shiraz nachschenken – und dann geht unser Dreamday los!"

„Chef, nicht so streng. Heute Abend ist schließlich unsere Weihnachtfeier!", lächelt ihm Britta zu. Als Älteste im Team fühlt sie sich immer ein wenig verantwortlich für die ganze Truppe. Und weil sie als Einzige mit Lederer persönlich befreundet ist, kann sie oft die Stimmung entspannen, Missverständnisse aufklären oder Kommunikationshindernisse auf charmanten Wegen umgehen.

„Schon gut, Britta." Lederer nickt, doch er verliert sein Ziel nicht aus den Augen. Einen schweigsamen Moment lang lässt er den Blick wandern, sieht Britta an, den Buchhalter Klaus links neben ihr, Serap, die quirlige Computerspezialistin, den brummigen Roger vom Marketing und den Praktikanten Tim, der für ein paar Wochen bei ihnen das richtige Leben mitbekommen soll. Lederer fährt fort:

„Aber erinnert euch, was wir beim letzten Meeting beschlossen haben: Im Anschluss an Weihnachtsbraten und Wohlgenuss nehmen wir uns Zeit für unser Team. Zeit zum Träumen. Jeder darf …" Lederer räuspert sich und setzt neu an: „Jede und jeder von euch darf und sollte einmal frei und ohne Schere im Kopf aussprechen, was traumhaft wäre. Wovon er träumt im Blick auf unsere Zusammenarbeit, unser Team, unsere Aufgaben, unsere Projekte. Einfach mal träumen. Jetzt ist dazu Gelegenheit. Für alle!"

Roger brummt Unverständliches vor sich hin. Seiner Körperhaltung nach zu urteilen ist er von dem plötzlichen Stimmungswechsel kalt erwischt worden. Serap checkt irgendeine wichtige Mitteilung auf ihrem Handy. Klaus starrt ins Leere. Der Praktikant Tim macht ein Gesicht, als würde er sich am liebsten unter dem Stuhl verstecken. Also eröffnet Britta die Runde – so, wie es alle stillschweigend von ihr erwarten:

„Ich träume davon, dass wir als Team immer besser zusammenwachsen. Das letzte Jahr war heftig, aber auch sehr erfolgreich. Wenn's drauf ankam, haben wir super zusammengehalten. Streit und unterschiedliche Ansichten waren dann unwichtig, nur das gemeinsame Projekt zählte. So sollte das immer sein. Dann würde ich noch viel lieber mit euch zusammenarbeiten."

Brittas Worte klingen, als hätte sie sie auswendig

gelernt und zu Hause vor dem Spiegel eingeübt. Niemand reagiert, niemand nickt oder stimmt zu. Stille.

Dann brummt Roger ein verächtliches „Amen".

Tim hält die Luft an.

„Danke, Britta", stammelt Lederer, sichtlich unsicher geworden. „Wir wollen uns ja im nächsten Jahr gerade um ‚Teambildung‘ bemühen, wollen uns an unsere gemeinsame Vision erinnern und Schritte festlegen, wie wir …"

„Sparen. Sie. Sich. Die. Predigten. Chef." Roger betont jedes einzelne Wort. „Was für einen Schwachsinn haben Sie da bloß wieder auf der Managementakademie gelernt. Was genau sollen wir hier spielen, einen ‚Dreamday?‘"

Das letzte Wort spuckt Roger fast aus. Er spricht leise, aber so intensiv, dass alle sich vorbeugen, um auch keine Silbe zu verpassen.

„‚Dreamday‘, ‚Teambildung‘, ‚Visionsprozesse‘ – alles Mumpitz. Solange Sie uns und unsere Kompetenz nicht ernst nehmen, wird sich gar nichts ändern. Solange Sie bei Konflikten einfach den Kopf in den Sand stecken und einsame Entscheidungen treffen. Solange Sie uns …"

„Noch einen Schluck von dem feinen Roten aus Australien?" Die aufmerksame Bedienung hat bemerkt, dass Roger sein Glas geleert hat. Dass sie ihn mitten im Satz unterbricht, ist ihr aber entgangen.

Oder hat sie ganz bewusst eingegriffen, um einen Eklat zu verhindern?

„Lass uns ruhig mal träumen, Kollege." Klaus nutzt die entstandene Pause, richtet sich etwas auf, lächelt süffisant und sieht Roger direkt ins Gesicht. „Finde ich doch gut, dass dazu mal Zeit ist. Ganz ungeschützt und locker, einfach nur träumen. Auf Befehl vom Chef. Klar, mach ich doch gerne: Ich träume davon, dass die in Berlin ihr Wort halten und ich wirklich mit dreiundsechzig Schluss machen kann. Nur noch sechs Jahre und acht Monate mit euch arbeiten müssen, wenn das keine traumhafte Aussicht ist …" Klaus schüttet sich fast aus vor Lachen. Niemand lacht mit.

Stille.

Britta rutscht nervös auf dem Stuhl hin und her und startet einen neuen Rettungsversuch. „Roger, Klaus, ich denke, nichts ist so gut, als dass man es nicht noch verbessern könnte. Ja, die Atmosphäre in unserem Team ist manchmal, ist manchmal …" Sie blickt Hilfe suchend in die Runde, doch keiner nimmt den Ball auf. Wie ein tropfender Eiszapfen hängt der unvollendete Satz über dem Tisch. Doch Britta gibt nicht auf. „Serap und ich könnten ja ab und zu ein paar weibliche Akzente einbringen, ein bisschen Deko im Büro, eine Kerze bei der Kaffeepause oder so."

Serap explodiert: „Bei aller Liebe, Britta, deinen Hausfrauenscheiß kannst du schön alleine veranstalten. Ich mach mich für den Haufen hier doch nicht zum Affen. Wenn ihr Stress habt mit euren Rechnern, könnt ihr gerne zu mir kommen. Wenn die neue Software nicht läuft, dann mach ich euch die Hotline, rund um die Uhr. Das ist mein Traum von Teamwork. Aber das Mäuschen für die Gemütlichkeit spielen?! – Britta, sorry, das wäre ein Albtraum."

Wieder peinliches Schweigen.

Frostig ist die Stimmung am Tisch geworden, fast feindselig. Die Teammitglieder starren in ihre Gläser. Die Geräusche aus der Umgebung wirken lauter als vorher, Gelächter und Gesprächsfetzen wehen von den anderen Tischen herüber.

Lederer hat Schweißperlen auf der Stirn, unruhig spielt er mit dem Messerchen, das vom letzten Gang übrig geblieben ist. Aufgewühlt und vielleicht auch ein wenig beschwipst wie er ist, knallt er damit aus Versehen gegen das Glas. Ein glockenheller Ton, mit einem Schlag herrscht Stille. Nicht nur hier am Tisch, sondern im gesamten Lokal. Lederer sieht sich Hilfe suchend um.

Tim, der Schulpraktikant, denkt offenbar, er sei jetzt an der Reihe, er versteht die plötzlich eingetretene Ruhe als Aufforderung. "Also, Herr Chef, ich meine, Herr Lederer, ich bin ja nun eigentlich …, so richtig gehör ich ja gar nicht zu diesem …, aber Sie sagten ja, wir alle … und Sie haben mich jetzt so angesehen … Wenn Sie das also wirklich wollen, dann kann ich ja auch mal laut träumen."

Tim ist so aufgeregt, dass er nicht bemerkt, was um ihn herum vor sich geht: Die volle Aufmerksamkeit aller Gäste im Lokal gilt ihm und seinen Worten. Selbst die beiden Bedienungen und der Mann an der Theke lassen ihre Arbeit ruhen.

„Ich träume davon, mal so einen interessanten Job zu finden wie Sie alle hier im Team ihn haben. Ich träume davon, solche spannenden Aufgaben lösen zu dürfen. Schönes Büro, festes Gehalt, sicherer Arbeitsplatz, nette Kollegen – für mich ein Traum!"

Das Interesse an Tims Worten verebbt. Manche Gäste rollen die Augen, andere wenden sich flüsternd an ihre Tischnachbarn. Doch beim nächsten Satz von Tim sind wieder alle ganz Ohr.

„So richtig traumhaft aber wäre es, wenn wir alle zusammen Weihnachten feiern würden. Nein, ich meine nicht den Heiligen Abend, den sollte natürlich jeder mit seiner Familie oder mit seinen Freunden verbringen. Aber das, was an Weihnachten eigentlich wichtig ist, das fehlt uns doch manchmal im Team, das könnten wir entdecken und feiern. Ich meine … die Hoffnung. Die Menschlichkeit. Die Wärme. Die Nähe. Die Versöhnung. Das Gefühl von Frieden und Harmonie. Menschen kommen einander näher, weil etwas geschieht, was sie tief berührt. Gott und die Welt finden zusammen und alles fühlt sich gut an.

Herr Lederer, ich weiß ja nicht, ob es bei solchen Weihnachtsfeiern üblich ist, aber ich möchte mich bei Ihnen und dem ganzen Team bedanken für die spannenden vier Wochen, gerade auch für den heutigen Abend. Und ich möchte Ihnen ein kleines Geschenk überreichen. Ich war letztes Jahr zum Schüleraustausch in Israel. An einem Tag haben wir Bethlehem besichtigt. Da habe ich mir diese kleine Krippe gekauft, aus Olivenholz geschnitzt. Die möchte ich Ihnen gerne schenken. Sehen Sie, die Krippe ist leer, da liegt kein Baby drin. Sie hat mich jetzt ein Jahr lang daran erinnert, immer dran zu denken:

Was fehlt mir?

Was kommt zu kurz?

Wonach sehne ich mich?

Wovon träume ich?

Wie könnte ich ein Stückchen Weihnachten in meinen Alltag hineinholen?

Hier, bitte, Herr Lederer, ich hoffe, Sie finden einen Platz im Büro, wo die Krippe nicht stört, wo sie aber manchmal das Team zum Nachdenken und zum Träumen anregt."

Britta ist verblüfft, aber auch total erleichtert über den neuen Verlauf des Abends. Mit einem kurzen Blick versucht sie, die noch unentschiedene Stimmung in der Runde einzuschätzen. Dann erhebt sie ihr Glas und strahlt: „Einfach süß, dein Geschenk, Tim. Vielen Dank und prost! Traumhafte Weihnachten!"

„Traumhafte Weihnachten", schallt es zurück, aus dem gesamten Restaurant. Serap legt das Handy einen Moment zur Seite und greift nach dem Glas, selbst Klaus und Roger schließen sich nach kurzem Zögern an.

Manche im Raum schütteln den Kopf, andere amüsieren sich über den naiven Bengel und seine Holzkrippe. Doch so mancher wiederholt die Worte noch einmal für sich: „Traumhafte Weihnachten". Und fängt im Stillen an zu träumen.

Krippengeflüster

Mögen Sie Weihnachtskrippen?

Ich nicht. Oder jedenfalls nicht viele. Oder jedenfalls nur ganz bestimmte. Unter ganz bestimmten Umständen …

Klar, ich sehe mir jede einzelne Krippe an, an der ich so vorbeikomme. Wenn ich irgendwo eine entdecke – im Kaufhaus oder in der Wohnung von Freunden – dann kann ich gar nicht anders. Dann muss ich mich hochrecken oder niederknien, mir den Hals zu verdrehen oder mich irgendwie an anderen Schaulustigen vorbeistehlen, damit ich freie Sicht habe. Und dann schau ich mir jedes Mal ganz genau an, was sich die Krippenmacher so alles überlegt haben. Wie sie versuchen das darzustellen, was doch eigentlich gar nicht dargestellt werden kann.

Und dann stehe ich also vor so einer Krippe – oder ich knie, sitze oder liege davor. Ich lasse meine Augen schweifen. Egal ob das Ensemble von einem Meisterschnitzer aus Oberbayern oder dem Erzgebirge stammt oder ob es sich um Massenware aus Taiwan handelt: Ich schau mir immer zuerst einmal den Stall an, das Haus, die Höhle oder was auch immer für ein Rahmen gewählt wurde.

Anschließend wird mein Blick jedes Mal wie von einem Magneten angezogen. Ich kann gar nicht anders, ich muss hinsehen zu dieser wunderschönen jungen Frau, die die Künstler mit großer Liebe gestaltet haben. All diese Marias tragen ein schlicht geschnittenes Kleid wie aus feinem Brokat oder anderem edlem Tuch. Der Stoff, meistens rot, blau, golden oder braun, wirft kunstvolle Falten. Edel.

Und dann erst die Frau selbst: eine zerbrechliche Schönheit. Ein engelhaft schönes Gesicht. Ein Leuchten auf diesem Gesicht. Ein Glanz, der alles andere überstrahlt. Ihre zarten Hände mit den feingliedrigen Fingern erwartungsvoll zum Himmel gestreckt. Gleichzeitig aber öffnet sie die Arme auch jedem Besucher und jeder Besucherin gegenüber. Wahnsinn!

Manchmal schießen mir beim Anblick der Maria Tränen in die Augen. Das Bild rührt mich im tiefsten Winkel meines Herzens an. Ob aus Elfenbein oder aus Balsaholz geschnitzt, aus Eiche, Stoff oder Metall gestaltet. Tausende von Marias habe ich schon gesehen, vielleicht Zehntausende. So unterschiedlich die auch aussahen: Maria war und ist immer *der* Blickpunkt, in jeder Krippe.

Obwohl diese Darstellungen ja, wenn man's genau betrachtet, wenig bis gar nichts mit der rauen

Wirklichkeit zu tun haben. Vermutlich wissen das all die Krippenschnitzer, oder?

Doch, natürlich wissen sie, dass Maria eigentlich ein ganz normales Mädchen vom Land war. Ich stelle mir vor, dass das die Schnitzer im Kopf haben, wenn sie sich an die Arbeit machen. Sie versuchen nach allen Regeln der Kunst, eine ganz normal aussehende junge Frau zu gestalten. Sie fangen vorsichtig an, heben hier einen Span aus dem Holz ab und da einen, arbeiten mit dem besonders feinen Werkzeug nach. Aber dann – zackzack, ruckzuck – gerät dieser Plan durcheinander. Und wieder entsteht ganz allmählich eine unfassbar schöne Maria. Überirdisch schön. Schöner als all die Schönheitsköniginnen und Topmodels der Weltgeschichte. Die Schnitzer können gar nicht anders, sie müssen die Himmelskönigin zeigen, wie sie sie in ihrem Herzen sehen, wenn sie an Maria denken.

Ja, ja, die wunderschöne Maria. Alle bewundern sie.

Gut so.

Ich bin da kein bisschen eifersüchtig. Ich verstehe das. Sie ist ja schließlich meine Frau. Ich bin stolz auf sie.

Aber ehrlich gesagt: Nach ein paar Augenblicken der Rührung reicht es mir meistens. Ich kann nicht länger hinsehen. Denn dann drängt sich ein Gedanke in meinen Kopf, den ich nicht mehr loswerde: Es war doch in Wirklichkeit völlig anders, als es diese Krippen zeigen. Das stimmt doch alles gar nicht.

Und sehen Sie: Genau deswegen mag ich Weihnachtskrippen eben nicht. Oder nur manche. Oder nur ein bisschen. Obwohl sie doch immer wieder einen ganz eigenen Reiz auf mich ausüben.

Manchmal schüttele ich den Kopf und gehe einfach weg, wenn ich eine allzu formvollendete Maria in einer allzu lieblichen Krippenszene nicht länger ertragen kann. Manchmal brumme ich ein bisschen vor mich hin und sondere altkluge Sätze ab wie: „Kann doch gar nicht so gewesen sein", oder: „Die haben aber wirklich kein Ahnung."

Ich gestehe auch: Vor manchen Krippen halte ich es etwas länger aus.

Wenn ich mich dort an Maria sattgesehen habe, dann lasse ich die prächtigen Kerle aus dem Osten auf mich wirken. Denn die sind meistens gut getroffen. Die Kleidung reicher Leute haben die an. Mit Kamelen und Pferden sind sie unterwegs.

Diese Weisen da sind Männer, die sich alles leisten können. Männer, die eine lange, gefährliche Reise auf sich nehmen – nur um am Ende einem Baby beim Schlafen zuzusehen.

Erstaunliche Typen. Die haben nicht nur tausendmal mehr Geld als ich, tausendmal bessere Klamotten und Tausende von Kilometern mehr

Reiseerfahrung. Die sprechen außerdem eine andere Sprache und die beten auch nicht zu unserem Gott, dem Einen, dem Einzigen.

Also ehrlich, ein Rätsel ist mir das schon, bis heute:

Woher genau wussten eigentlich ausgerechnet diese Heiden aus dem Ausland, was damals geschehen war?

Ich denke: diese gebildeten Magier mit den vollen Geldbörsen und dem abergläubischen Hokuspokus, die müssen doch irgendetwas vom wahren Gott in sich gespürt haben, anders kann ich mir nicht erklären, warum sie diese beschwerliche Reise auf sich genommen haben. Irgendwie müssen die einen ganz besonderen Draht nach oben gehabt haben. Anscheinend meldet Gott sich nicht nur bei den ganz Frommen. Sondern manchmal eben auch bei denen, die ihn eigentlich gar nicht kennen.

Ja, und wenn ich diese prächtig gestalteten Herren und ihren Hofstaat lange genug bewundert habe, dann lasse ich meine Augen auf die andere Seite der Krippe wandern, zu den Hirten. Diese Kerle mag ich besonders gerne!

Obwohl das selbst ein Blinder mit Krückstock schon auf den ersten Blick erkennen kann: An den Hirten herumzuschnitzen, zu feilen, zu pinseln, hat den Künstlern lange nicht so viel Spaß gemacht wie an den feinen Herren. Die meisten Hirtenfiguren, die ich gesehen habe, wirken im Vergleich zu den Männern aus dem Osten ausgesprochen schlicht, ja plump. Sie tragen Säcke statt Kleidern. Ihre Haare stehen in alle Richtungen ab. Manche sind in Felle eingehüllt und tragen noch ihre Waffe mit sich, den langen Hirtenstab.

Nicht schön, aber realistisch. Ganz normale Kerle aus dem ganz normalen Volk eben. Allerweltsgesichter. Eher rau. Mitgenommen. Es ist ihnen anzusehen, dass sie schon einiges hinter sich haben.

Irgendwie kommen mir diese Hirten immer vor wie alte Bekannte. Wir haben uns noch nie vorher gesehen, aber wir wissen ziemlich genau, was der andere so an Lasten zu tragen hat.

Wenn ich sie betrachte, dann rieche ich regelrecht das Feuer, an dem sie sich gerade noch gewärmt haben. Und die Ziegen, den Dreck, den Schweiß. Auch die Not spüre ich. Das harte Leben. Die Armut. Und auch wenn ich kein Hirte bin, sondern ein ehrlicher Handwerker – das alles kenne ich auch bestens.

Ehrlich, mit diesen Männern würde ich gerne etwas plaudern. Würde gerne ihre Lebensgeschichte hören. Und ihnen von uns erzählen, von meiner jungen Frau und mir. Und von unserem außergewöhnlichen Baby. Von meinem Sohn.

Ja, ich sage ganz bewusst: mein Sohn. Sie müssen jetzt gar nicht so verräterisch schmunzeln. Ich kenne ja all die Gerüchte und den Spott über meine Vaterschaft.

Aber ich bleibe dabei: Natürlich ist er mein Sohn. Ich weiß schon, dass Sie sich mit vagen Andeutungen nicht zufriedengeben, deswegen rede ich Klartext: Richtig, ich habe das Kind nicht gezeugt. Aber von Anfang an war klar: Das wird mein Sohn. Ich kriege die ungewöhnliche Aufgabe, der Vater dieses Kindes zu werden.

Von mir hat er dann seinen Namen bekommen. Rein rechtlich ist er ganz und gar und ohne jeden Zweifel mein Sohn. Glauben Sie mir, einfach war das nicht für mich. Der Allmächtige musste kräftig nachhelfen und mir die richtige Botschaft im Traum schicken, sonst hätte ich meine Aufgabe nicht kapiert. Aber nach diesem Traum war alles anders. Ab dann war mir klar: Das wird mein Sohn. Ich bin sein Vater.

Ach, ich könnte ihn mir immer wieder mit staunenden Augen anschauen, wie er da so liegt in diesen prächtig gestalteten Krippen!

Sie wissen schon: So bildschöne Babys gibt's im richtigen Leben gar nicht. Aber diese Bürschchen da in der Krippe, die haben oft eine ganz einzigartige Wirkung auf jeden Betrachter. Manchmal fangen die Menschen ja gerührt an zu singen, wenn sie vor einer Krippe stehen und das Baby betrachten.

„Holder Knabe mit lockigem Haar", hör ich da

immer mal wieder. So ein Unsinn! Was ein „holder" Knabe sein soll, weiß ich nicht, keine Ahnung. Einen gegelten Lockenkopf, wie die Babys in vielen Krippen haben, den hatte mein Sohn jedenfalls nicht.

Ein ganz normales Baby war er. Wie Maria ein ganz normales Mädchen vom Land war. Das ist ja der Witz ... Nein: Das ist ja das Unfassbare: Die Hauptpersonen sind lauter ganz normale Menschen. Menschen wie ich und du. Wunderbar ist das.

Das würde ich den Schnitzern ja gerne mal selbst erzählen, als Augenzeuge sozusagen: Maria war zwar eine ganz einzigartige, außergewöhnliche, bewundernswerte Frau. Aber sie sah absolut normal aus wie all ihre Freundinnen auch. Und unser Baby eben auch.

Ob Sie es glauben oder nicht: Dieses Baby schrie manchmal. Es wollte Milch. Es schlief. Es drückte sein Geschäft in die Lumpen, die Maria ihm als Windel umgebunden hatte. Und wenn es nachts Blähungen hatte und uns alle mit seinem Geschrei wach hielt, dann sorgte es für eine Stimmung, die, ich kann Ihnen sagen, vollkommen anders war als die heute in den Weihnachtskrippen-Szenen!

Aber das kennen ja alle Väter ... Dann wieder der Blick ins Gesichtchen: Dieses Kind – mein Sohn! Vom ersten Tag an ein Wunder. Ein Geheimnis. Ein Geschenk. Wenn ich es da so liegen sehe, dann möchte ich es beschützen. Dann würde ich es am liebsten nie mehr weglassen aus der Höhle, wo es zur Welt gekommen ist. Oder ich möchte es in meiner Werkstatt zu Hause in Nazareth festhalten, wenn es erst größer geworden ist. Ich würde ihm so gerne diesen langen, steinigen Weg der Schmerzen ersparen. Dieses schreckliche Ende …

Ach, ich schweife ab. Ich will doch lieber noch mal hineinschauen in eine der vielen Krippen. Und mir ansehen, mit welchen Mitteln die Schnitzer dieses Baby zu einem ganz besonderen Kind gestaltet haben. Oft sehe ich: Da hat ein Künstler einen Heiligenschein an das Köpfchen geklebt. Und ein anderer hat das Gesichtchen so bemalt, als würde es von einem großen Scheinwerfer angestrahlt.

Sieht schön aus. Ist aber schöner Quatsch.

Das Besondere dieses Kindes konnten unsere Augen nicht sehen. Nur … nur unsere Herzen konnten das. Das unsichtbare Licht, das von ihm ausging und von ihm ausgeht, das erreicht uns in der Tiefe, nicht auf unserer Netzhaut.

Und für dieses einzigartige Kind bin ich verantwortlich. Ich. Ich hab für den Kleinen zu sorgen. Seine Mutter und ihn zu beschützen. Genug zu essen heranzuschaffen. Ihn mitzunehmen in die Synagoge. Ihm ein gutes Vorbild in allen Lebenslagen zu sein. Ihm die Liebe und den Respekt dem Allmächtigen gegenüber vorzuleben. Und ihm beizubringen, wie man aus Steinen und Holz ein stabiles Haus errichten kann. Vater zu sein ist eine herausfordernde Aufgabe, das kann ich Ihnen sagen!

Und sehen Sie, deswegen wende ich mich spätestens dann endgültig von jeder Krippe ab, wenn ich am Ende meiner Betrachtung *mich selbst* anschaue.

Da könnte man schon Selbstzweifel bekommen. Denn was sieht man vor sich, wenn man auf den Holz-Josef da in der Krippe schaut?

Da steht ein grober Klotz mit riesigen Händen und einem leicht dümmlichen Lächeln herum. Tut nichts. Sagt nichts. Ist zu nichts zu gebrauchen. Die Krippenbauer schieben ihren Josef immer dorthin, wo eine schlecht ausgeleuchtete Ecke ist. Er soll ja keiner Hauptfigur im Weg stehen.

Neulich habe ich mal einen frechen Jugendlichen belauscht, der nur flüchtig in eine Krippe hineinblickte und dann den Josef da drin verspottete: „Na, alter Dunkelmann, was hast du denn verbrochen, dass sie dich da in der Ecke verstecken?" Also, ich muss schon bitten!

Aber leider hat der Bengel ja *nicht ganz* unrecht: Diese Josefs da in den Weihnachtskrippen – das sind doch alles nur überflüssige Staubfänger. Und ihre angebliche Aufgabe wird schon im bekannten Weihnachtslied verspottet: „Maria und Josef betrachten es froh." Na toll. „Froh betrachten", das ist so ungefähr das Letzte, wofür ich in dieser Nacht

Zeit und Gelegenheit hatte! Ich könnte Ihnen Geschichten erzählen, was man seinerzeit als Vater eines neugeborenen Jungen alles für Arbeit zu erledigen hatte …

Ach, und noch was. So ganz unter uns: Darf ich Sie was fragen? Mögen *Sie* eigentlich Weihnachtskrippen?

Vielleicht verstehen Sie ja inzwischen, warum ich da hin- und hergerissen bin.

Das heißt, na ja, wenn ich jetzt so mit Ihnen darüber nachdenke, dann fällt mir auf: Im Grunde mag ich es schon, wenn eine künstlerisch gestaltete Szene an die wichtigsten Stunden der Geschichte erinnert.

Lassen Sie uns doch mal ein bisschen gemeinsam spinnen und überlegen, was den heutigen Weihnachtskrippen noch fehlt, wie wir sie verbessern könnten. Vielleicht wäre das ja gar nicht so schwer. Wir müssten alles ein bisschen normaler, einfacher, gewöhnlicher gestalten und nicht so prunkvoll und überladen – oder?

Eine ganz normale Maria. Und ein ganz normales Baby – das ist ja der Clou, dass der Schöpfer in einem ganz normalen Baby auf uns Menschen zukommt.

Und wie müsste Ihrer Meinung nach der Josef aussehen?

Tja, wäre eine schwere Aufgabe, den richtig zu gestalten.

Das müsste jemand sein, der mächtig staunt über das unglaubliche Wunder.

Einer, der nicht nur zuschaut, sondern mittendrin ist.

Einer, der von Kopf bis Fuß vernarrt ist in die junge Mutter und das Baby. Und der alles tut, damit es den beiden gut geht.

Einer, der mit dem Allmächtigen im Bunde ist und deswegen auch in … sagen wir: in für ihn peinlichen Situationen gelassen bleibt.

Einer, der durch das Baby da in der Krippe vollkommen verwandelt worden ist.

Ein ganz normaler Kerl, der durch diese einzigartige Erfahrung in eine ganz neue Verantwortung hereinwächst.

Und einer, der sich seiner Herausforderung stellt.

O Mann. Ich glaube, jetzt ist es mit mir durchgegangen. Wie sollte ein Schnitzer denn so jemanden darstellen? Und wenn er es denn könnte, wenn sein Josef so edel und fromm und einsatzbereit und selbstlos dargestellt werden könnte, dann würde er doch nur einen Teil von dem zeigen, was ich damals war und bis heute bin.

Nein: Einen ganz normalen Typen sollen sie gestalten. Einen Zupacker. Einen Zuhörer. Einen, der nicht viele Worte macht, aber dafür Taten sprechen lässt. Einen, der sich verzehrt in Liebe zu Maria und Jesus. Und weil er so ganz normal aussieht, könnten sich dann vielleicht die vielen Männer in ihm finden, denen diese Szene sonst ziemlich fremd ist. Weil sie mit Romantik und Kitsch nichts zu tun haben wollen. Genau *die* müssten vor der Krippe stehen und den ganz normalen Josef sehen.

Dann, ja dann müsste es sie wie ein Blitz treffen: Mensch, Wahnsinn, das ist ja absolut unfassbar. Da kommt der Allmächtige drin vor.

Und da kommen Menschen wie ich drin vor. Weihnachten heißt also: Gott und ich, wir kommen zusammen. Irgendwie.

Und dieses Baby macht's möglich.

Ich merke schon: eine schwierige Aufgabe. Aber vielleicht macht sich ja mal irgendwann irgendwo jemand dran und gestaltet eine solche Weihnachtskrippe? Womöglich ist schon jemand dran. Ich gehe mal … nachschauen!

Menschenskinder

„Schön oder super-mega-schön, wie genial finden Sie unsere Idee?" Der 13-jährige Sven mit den gegelten Haaren und den tief hängenden Markenjeans ließ erst gar keine andere Meinung zu. „So einen Weihnachtsbaum haben Sie garantiert noch nie gesehen, Herr Gruber. Echt der Hammer!"

Nun … Jugenddiakon Harald Gruber musste sich erst einmal setzen. Dann holte er tief Luft, rieb sich einen Augenblick lang die Augen und ließ den Blick noch einmal durch den großen Saal des Gemeindehauses schweifen. „Das darf doch wohl nicht wahr sein!", hätte er am liebsten gestöhnt, aber einstweilen rang er noch mit der Fassung.

Er hatte ja gleich geahnt, dass man der diesjährigen Konfirmandengruppe unmöglich einen so heiklen Auftrag geben konnte. Es war zwar schon seit Jahrzehnten gute Tradition in der Kirchengemeinde, dass die Konfirmanden im Advent den Weihnachtsbaum im Gemeindehaus schmückten. Und es hatte sich auch schon eingebürgert, dass sie dabei ihre eigenen Gedanken umsetzen und ein wenig Abwechslung in die Adventszeit hineinbringen sollten.

Aber als die Pfarrerin in diesem Jahr mit ihm

über den Weihnachtsbaum gesprochen hatte, hätte er am liebsten eine Ausnahme gemacht. Diese unaufmerksamen, schlecht erzogenen, übermütigen, nervigen, lauten, unmöglichen Konfirmanden dieses Jahr – denen hätte er den schmucken Zweimeterfünfzig-Baum am liebsten nicht anvertraut! Besser selbst ein paar Strohsterne an die Zweige hängen, die Kerzenhalter befestigen und etwas Lametta über den Baum verteilen als zuzuschauen, wie diese wilden Kerle …

Aber die Pfarrerin hatte seinen stillen Protest überhört, sicher ganz bewusst. Die musste sich ja auch nicht Dienstag für Dienstag im Konfirmandenunterricht mit denen herumärgern.

Gruber rieb sich erneut die Augen und konnte einfach nicht glauben, was er da vor sich sah: Diese unmögliche Bande hatte nicht etwa nur den Baum geschmückt, der gesamte Raum war übersät, vollgekleistert mit Fotos, Bildern, Drucken, Abbildungen. Jede Menge Gesichter. Aus Zeitschriften oder Plakaten ausgeschnitten, gemalt oder gezeichnet, auf Fotos, alten Stichen, Ausdrucken, mal schwarzweiß, mal in Farbe.

„Super-mega-turbo-schön, oder?", quakte der unmögliche Sven mitten in sein Grübeln hinein, und Sandra, Jakob und ein paar andere nickten dazu mit strahlendem Blick.

„Wir hatten lange keinen Dunst, wie wir den Baum und die ganze Bude hier anständig stylen könnten", fuhr Sven fort. „Aber im Konfi-Klub letzte Woche haben Sie uns dann ja selbst die Idee geliefert: ‚Gott wird *Mensch,* damit wir Menschen werden können' … So ähnlich haben Sie es doch erklärt. Menschenskinder, wenn Advent die Zeit ist, in der wir da mal drüber nachdenken sollen, dann sind Menschen doch eindeutig das Beste, was man als Schmuck an den Baum hängen kann!"

„Und an die Wand, an die Decke, an den Schrank …!", ergänzte Sandra, die sonst im Konfirmandenunterricht nie ein Wort herausbekam.

Gott wird Mensch, damit wir menschlich leben können. Damit wir dem Menschsein auf die Spur kommen, wie es eigentlich von unserem Schöpfer gedacht war. – Ja, so hatte er versucht, ihnen das Wunder von Weihnachten zu erklären.

Vielleicht hatten sie ihn nicht wirklich verstanden – zugehört hatten sie ihm aber auf jeden Fall. Das musste der grübelnde Jugenddiakon jetzt innerlich einräumen. Wie aber sollte er der Bande erklären, dass die Pfarrerin, der verknöcherte Kirchenvorstand und vor allem die alten … ähem … Damen … vom Adventsbasar diesen Weihnachtsschmuck *im Leben nicht* akzeptieren würden?

„Also geben Sie's jetzt endlich zu: So einen hyper-super-mega-turbo-schönen Weihnachtsbaum haben Sie noch nie gesehen, stimmt's?", bohrte Sven weiter.

„Stimmt schon", stammelte er. „Aber so geht es trotzdem nicht. Sieht zwar originell aus, und hat ja auch irgendwie mit Weihnachten zu tun ... Aber – das Wichtigste fehlt, und deswegen müsst ihr ..."

„Das Wichtigste fehlt???"

Plötzlich standen alle Konfirmanden im Halbkreis um ihn herum, schauten ihn ungläubig an. Fragend. Irritiert.

„Na, ist ja schön, dass ihr mit eurem Weihnachtsschmuck die menschliche Seite dieses Festes ausdrücken wollt. Aber Gott taucht nicht auf bei eurem Schmuck, den habt ihr vergessen. Und deswegen muss ich euch leider bitten ..."

Diesen Vorwurf ließen die Konfirmanden nicht auf sich sitzen. Lautstark protestierten sie. Alle redeten durcheinander.

Dann setzte sich Sven durch: „Herr Gruber, Sie haben sich unseren Weihnachtsschmuck wohl noch nicht genau genug angeschaut! Sehen Sie mal: Zwischen all die Bilder von Menschen haben wir immer wieder Blätter mit Goldpapier gehängt. Mal eingerahmt wie ein Bild, mal einfach so ... *Gold!* Dämmert es Ihnen, Herr Gruber? Richtig: die Farbe der drei Könige mit ihren Geschenken. Sie erinnern sich: Weihrauch, Myrrhe und – genau – und Gold! Ich meine ... Schließlich kann man Gott ja nicht sehen. Aber dass er mittendrin ist, bei all den Menschen – das ist doch echt Gold, oder?"

Ausgerechnet die Hirten

Du lieber Himmel, das glaube ich einfach nicht. Das muss ein Irrtum sein, ein Missverständnis.

Ausgerechnet hier, bei diesem verschlafenen Nest.

Ausgerechnet mitten in der Nacht, wo uns kein anständiger Mensch sehen kann, weil die doch dann alle längst im Bett sind. Und hören kann uns auch keiner. Fast keiner.

Höchstens ein paar Hirten.

Hirten? Das darf doch nun wirklich nicht wahr sein.

Ausgerechnet Hirten.

Du lieber Himmel, da muss unser Chefengel eine Anordnung von oben ganz falsch verstanden haben!

Ein Auftritt mit Glanz und Gloria, mit Pauken und Trompeten soll es werden. Ein Auftritt, bei dem wir alle gemeinsam das Lied singen, das wir seit einer Ewigkeit proben. Das wichtigste aller Lieder überhaupt. Das schönste, das tiefste, das wertvollste. Das Lied der Lieder.

Und das ausgerechnet in der Pampa, irgendwo bei einem Kaff hinter den sieben Bergen, ausgerechnet mitten in der Nacht, ausgerechnet in einer

Gegend, wo sich zu dieser Tageszeit nur Hirten aufhalten.

Die Anordnungen des Allmächtigen sind doch sonst immer so weise. Aber in diesem Fall kommen mir Zweifel:

Kennt der sich etwa nicht aus in der Gegend?

Hat ihm noch nie jemand gesteckt, dass Hirten wegen ihres Jobs einen gewissen, ähm, einen Makel haben?

Sie riechen etwas streng. Nach Stall. Nach Schaf. Nach Ziege. Nach Mist und nach Lagerfeuer. Genau genommen stinken sie zum Himmel.

Und wer sich denen nähert, der riecht nach dreißig Sekunden genauso.

Stellen Sie sich das bitte mal vor: *Wir riechen nach Stall.*

Engel, die nach Stall riechen. Boten des Allmächtigen, die nach Stall riechen.

Wie sollte ich diesen Gestank nur wieder aus den Klamotten herauskriegen? Und erst mal aus den Flügeln …

Sehen Sie? Vollkommen unmöglich diese Anordnung, da *muss* sich jemand verhört haben!

Und selbst wenn die Kerle sich ausnahmsweise vor der Arbeit gewaschen hätten und jetzt frisch duften würden wie eine Wiese mit Gänseblümchen darauf – selbst dann würde ein Auftritt hier nicht passen. Mit Hirten sollte man sich nämlich möglichst nicht einlassen.

Früher, ja früher war das anders, als König David noch ein Hirtenjunge war. Damals durfte der Jüngste der Familie seinen Mut beweisen. Er bekam Verantwortung für das Vieh und verteidigte diesen Reichtum der Familie gegen wilde Tiere. Er empfahl sich so für höhere Aufgaben. Und ganz nebenbei übte er auf der Weide Harfe und trainierte so für seine Musikerkarriere.

Damals, das war noch ein Hirtenleben mit Niveau!

Aber heute?! Heute hüten doch nur irgendwelche abgebrannten Minijobber das Vieh. Tagelöhner, Schwarzarbeiter, Arbeitsmigranten. Kommen von irgendwoher, nisten sich irgendwo ein und kriegen ein paar Cent dafür, dass sie auf die Herden der reichen Leute aufpassen. Weil sie selbst nichts besitzen, kümmern sie sich eben um Schafe und Ziegen anderer Leute.

Und die Allerschlimmsten von ihnen, das sind die, die zur Nachtwache eingeteilt werden. Ich sag Ihnen: schräge Typen. Hallodris. Nachtgestalten. Treiben die Tiere zusammen, stecken sie in ein provisorisches Gatter, geflochten aus dornigen Zweigen. Und dösen dann am Lagerfeuer vor sich hin.

Kennen Sie das Sprichwort, das man sich in Bethlehem über solche Typen erzählt: „Lerne brav in der Schule, sonst kannst du als Hirte auf den Feldern arbeiten." Tja, das sagt doch alles!

Also mal ehrlich: Das kann doch wohl nicht im

Sinne des Allmächtigen sein, dass wir mit unserem Top-Chor ausgerechnet in dieser Umgebung das größte Lied der Weltgeschichte anstimmen!

Nein, nein, das kann überhaupt nicht sein, das darf überhaupt nicht sein.

Ach, vergessen wir diese Hirten! Ich möchte Ihnen lieber noch etwas Erfreuliches berichten: Ich habe da was läuten hören, von einem der Engel mit besten Drähten zur Chorleitung: Wir sollen gleich bei einer ganz besonderen Geburtstagparty auftreten. Ein Geburtstagsfest, das alles in den Schatten stellen soll, was es bisher gegeben hat. Und deswegen sind wir als Höhepunkt gebucht. Und deswegen singen wir gleich dieses unvergleichliche Lied aller Lieder.

Sie können doch dichthalten, oder? Also dann verrate ich Ihnen schon mal den Text, vielleicht wollen Sie ja heimlich mitsingen. Aber verpfeifen Sie mich bitte nicht:

Ehre sei *Gott in der Höhe*
und *Friede* auf Erden
den Menschen seiner Gnade.

Haben Sie das gehört?

Gott soll endlich *die* Ehre entgegengebracht werden, die ihm zusteht. Endlich klare Verhältnisse. Endlich wird es so, wie es immer schon gedacht war. Endlich begreifen alle Menschen, dass sie die

falschen Machthaber oder die falschen Dinge an-
gebetet haben, dass nur der Allmächtige Ruhm
und Ehre verdient. Welch eine einmalige Botschaft.
Wir werden sie aus vollem Halse singen, jubeln,
schmettern.

Und wenn das erst so richtig eingesickert ist in
die Ohren, in die Herzen, in die Hirne unserer Zuhörer, dann setzen wir noch einen drauf:

FRIEDEN.

PEACE.

SHALOM.

SALAM.

In tausend Sprachen werden wir es singen!

Die Menschen werden seine Gnade erleben,
Frieden werden sie finden, den Frieden, nach dem
sie sich schon immer so gesehnt haben und den sie
aus eigener Kraft einfach nicht schaffen können.

Na, da staunen Sie, was? Ist das nicht der Text für
einen Welthit?

Das stellt alles auf den Kopf.

Das macht alles neu.

Der Allmächtige stellt die Uhr zurück und fängt
noch mal ganz von vorne an mit der Welt, die er so
liebt. Gehe zurück auf Los, du kriegst eine zweite
Chance!

Das alles hat er vorbereitet für diese Welt, die ihm
doch so viel Kummer macht. Wissen Sie, da könn-

te ich Ihnen schaurige Geschichten erzählen: von Menschen, die ganz vergessen haben, dass sie Geschöpfe des Allmächtigen sind.

Von Menschen, die das noch wissen, aber die es für sich behalten.

Von Menschen, die es wissen, und trotzdem Tag für Tag mit hängendem Kopf zur Arbeit trotten, statt zu jubeln und sich zu freuen.

Von Menschen die nie davon gehört haben, dass es mehr gibt als ihren Verstand und ihr kleines bisschen Denken.

Unfassbare Zustände – und das schon seit Jahrhunderten!

Zeit wird's für den großen Auftritt. Zeit wird's, dass endlich alle hören und verstehen, was schiefgelaufen ist. Zeit wird's, dass der Allmächtige endlich wieder die Ehre bekommt und seine Geschöpfe anfangen, seinen Frieden einzuüben!

Ja, auf diesen Tag brenne ich, brennt unser ganzer Chor seit langer, langer Zeit. Was sage ich: Schon kurz nachdem der Allmächtige diese Welt geschaffen hat, die er so liebgewonnen hat, schon kurz danach war klar: Ein Machtwort muss her. Diese Erdlinge, diese Menschlein, die kriegen es alleine nicht hin. Denen muss mal ordentlich der Marsch geblasen werden. Die müssen daran erinnert werden, wo sie herkommen und wer sei eigentlich sind.

Ja … und jetzt ist es offenbar wohl bald so weit. Bei einer Geburtstagsparty, wenn meine Quellen stimmen. Keine Ahnung, wer da feiert. Wahrscheinlich irgendein bedeutender König, ein Minister, ein Prominenter.

Ich sehe das Ambiente schier vor mir: ein strahlender Palast … Tausende von Menschen in prächtigen Gewändern … Alles, was reich, schön und berühmt ist, versammelt sich zum Fest. Man reicht Champagner, Austern, Kaviar …

Und dann, als Höhepunkt, klopft unser Dirigent Gabriel mit seinem Taktstock ans Notenpult, gibt uns den Ton und wir fangen an.

Und alle werden staunen. So was hat die Welt noch nicht gehört: ein Chor wie ein Orkan, wie ein Donnerschlag. Und gleichzeitig so lieblich, so warm, so reizend. Und dann erst diese *Botschaft*: Ehre für Gott, Frieden für die Menschheit. Das wird die Welt verändern! Nichts mehr wird sein wie vorher.

Verstehen Sie jetzt, warum das unmöglich sein kann, dass wir hier, ausgerechnet hier singen sollen: In dieser lausigen Nacht auf den lausigen Feldern vor den lausigen Hirten?!

No go, kann nicht sein, gibt's einfach nicht. Unmöglich.

Oder … Nein. Oder … vielleicht doch?

Nur mal angenommen, der Allmächtige möchte, dass wir tatsächlich hier irgendwo auftreten.

Vielleicht … Lassen Sie uns einfach mal einen Moment so tun, als könnte das wirklich geschehen. Überlegen Sie doch mal mit mir:

Welches Gesindel sollte denn *nach* den Hirten noch kommen?

Vielleicht noch irgendwelche windigen Zauberkünstler aus dem fernen Osten? Ältere abergläubische Herren mit lächerlicher Verkleidung, die sich auf Hokuspokus verstehen und Astrologie betreiben? Einfach lächerlich!

Oder konsequent weitergedacht, stellen Sie sich nur vor: Der Allmächtige würde diesen Zirkus tatsächlich mitmachen und höchstpersönlich hier erscheinen.

Er würde bei einfachen Leuten wohnen, irgendwo auf dem Land. Z. B. – ich bin jetzt mal ganz dreist, verzeihen Sie bitte – bei einer sehr jungen Frau, die schon ein Baby erwartet. Und keiner weiß so recht, wer der Vater ist.

Und bei ihrem Gefährten, so einem älteren harmlosen Handwerker, der nicht viel redet. In irgendeinem winzigen Nest.

Sie schütteln den Kopf? Sie tun es zu Recht. Das kann einfach alles nicht sein, das passt nicht. Das sind dumme Fantasien, Albträume fast.

Dann könnte der Allmächtige sich ja gleich mit Zöllnern abgeben, die ihr Volk auspressen und sich dabei dick und fett verdienen.

Dann könnte er ja gleich Jähzornige, Großmäuler und Angsthasen um sich versammeln und mit ihnen durchs Land ziehen.

Dann könnte er ja leichte Mädchen und schwere Jungs in seinem Freundeskreis haben und mit ihnen feiern und lachen.

Nein, nein, unvorstellbar, meine Fantasie geht mit mir durch, verzeihen Sie, der Allmächtige weiß doch, was sich gehört. Er würde doch niemals …

Nie?

Na ja, ich werde gerade ein bisschen unsicher bei dem, was ich hier so vor mich hin fantasiere. Gelegentlich hat er ja auch schon früher für Überraschungen gesorgt. Der Allmächtige, meine ich.

Dass er ausgerechnet diesen zwielichtigen Mose so befördert hat.

Dass er sich ausgerechnet Propheten ausgesucht hat, die na ja, sagen wir mal … nicht alle unbedingt vorzeigbar waren.

Dass er sich ausgerechnet aus all den Völkern dieser Welt Israel ausgesucht hat, seine tragische große Liebe.

Was soll das alles, habe ich mich oft und oft gefragt. Und manchmal habe ich die Frage auch laut gestellt, wenn wir abends im trauten Engelkreis zusammensaßen: Warum passt der Allmächtige nicht besser auf, mit wem er sich so abgibt? Und immer habe ich die gleiche Antwort bekommen:

Der Allmächtige ist eben so.

Er hat ungewöhnliche Ansichten.

Er trifft ungewöhnliche Entscheidungen.

Er sieht die Menschen anders als sie sich selbst sehen.

Er scheint geradezu ein Faible zu haben für die, die alleine nicht klarkommen, die schwach sind und unansehnlich. Die ihr Leben nicht gebacken kriegen und das auch zugeben. Er hat ein Herz für die Unfertigen, die sich helfen lassen wollen und helfen lassen müssen.

Tja, so sagen es die anderen Engel, die älteren, die, die mich für ein vorlautes Greenhorn halten, trotz meiner ausgebildeten einzigartigen Tenor-Stimme.

Könnte schon stimmen. Der Allmächtige hat wirklich einen ganz außergewöhnlichen Geschmack. Das ist mir durchaus auch schon aufgefallen, immer mal wieder. Seine Ideen sind so ungewöhnlich wie die Menschen, mit denen er sie umsetzt.

Ich ahne es: Da wird die Welt in nächster Zeit noch manche Überraschung erleben.

Ach, wenn diese begriffsstutzigen Menschen das nur schon kapiert hätten, dann würden sie sich darum reißen, mit ihm in Verbindung zu kommen.

Dann würden sie sich aufmachen und seine Nähe suchen. Dann würden sie alles dafür einsetzen.

Aber was tun die Leute hier in dieser – oh, fast hätte ich gesagt „gottverlassenen" Gegend, aber das passt natürlich nicht – also sagen wir so: Was tun sie hier in dieser etwas versteckten Gegend der Welt?

Sie schlafen.

Sie schnarchen.

Sie kümmern sich nicht um den Allmächtigen.

Nur die – pardon – stinkenden Hirten sind noch wach. Nur die. Und die reden schon wieder dummes Zeug. Moment … ich höre gerade mal zu, was die so vor sich hinplappern.

Aha, diese Kerle beschweren sich: über Ungerechtigkeit und Elend, reden von Revolution und von einem Retter, der kommen müsste, um Frieden zu schaffen.

Ja hallo, was höre ich denn da? Vom Frieden faseln diese rauen Typen. Von einem Retter. Und sogar vom Allmächtigen. Ich fasse es nicht. Ich glaube das einfach nicht. Das kann doch gar nicht …

Oh, ich werde gerufen – es geht los! Wir singen, gleich singen wir, wir singen tatsächlich – hier! Ich fasse es nicht.

Wir singen … das Lied der Lieder … hier, in diesem Mief, für diese Typen.

Und dann gleich auch noch für all die anderen, deren Leben zum Himmel stinkt.

Für die Kleinen und Schwachen, für die Geldgierigen und Bitterarmen. Für die Rohlinge und die mit den kaputten Herzen. All die Typen, auf die der Allmächtige so steht.

Ich fasse es nicht. Ausgerechnet die.

Jaja, ich komme ja schon, ich bin gleich so weit.

Vielleicht denken Sie an mich, wenn Sie das Lied hören, und winken mir zu. Ich stehe im Engelchor, ziemlich in der Mitte, Reihe 1385, der 764ste von links. Auf Wiedersehen, auf Wiederhören und Schalom Ihnen!

PS:

Und weil die wahre Weihnachtsgeschichte doch viel schöner, wertvoller, berührender, lebenswichtiger ist als alle meine ausgedachten, hier zum krönenden Abschluss die Version des Evangelisten Lukas (2. Kapitel):

In jener Zeit erließ Kaiser Augustus den Befehl an alle Bewohner seines Weltreichs, sich in Steuerlisten eintragen zu lassen.

Es war das erste Mal, dass solch eine Erhebung durchgeführt wurde; damals war Quirinius Gouverneur von Syrien.

So ging jeder in die Stadt, aus der er stammte, um sich dort eintragen zu lassen. Auch Josef machte sich auf den Weg. Er gehörte zum Haus und zur Nachkommenschaft Davids und begab sich deshalb von seinem Wohnort Nazaret in Galiläa hinauf nach Betlehem in Judäa, der Stadt Davids, um sich dort zusammen mit Maria, seiner Verlobten, eintragen zu lassen.

Maria war schwanger. Während sie nun in Betlehem waren, kam für Maria die Zeit der Entbindung.

Sie brachte ihr erstes Kind, einen Sohn, zur Welt, wickelte ihn in Windeln und legte ihn in eine Futterkrippe; denn sie hatten keinen Platz in der Unterkunft bekommen.

In der Umgebung von Betlehem waren Hirten, die mit ihrer Herde draußen auf dem Feld lebten. Als sie in jener Nacht bei ihren Tieren Wache hielten, stand auf einmal ein Engel des Herrn vor ihnen, und die Herrlichkeit des Herrn umgab sie mit ihrem Glanz.

Sie erschraken sehr, aber der Engel sagte zu ihnen:

„Ihr braucht euch nicht zu fürchten! Ich bringe euch eine gute Nachricht, über die im ganzen Volk große Freude herrschen wird.

Heute ist euch in der Stadt Davids ein Retter geboren worden; es ist der Messias, der Herr.

An folgendem Zeichen werdet ihr das Kind erkennen: Es ist in Windeln gewickelt und liegt in einer Futterkrippe."

Mit einem Mal waren bei dem Engel große Scharen des himmlischen Heeres; sie priesen Gott und riefen:

„Ehre und Herrlichkeit Gott in der Höhe, und Frieden auf der Erde für die Menschen, auf denen sein Wohlgefallen ruht."

Daraufhin kehrten die Engel in den Himmel zurück.

Da sagten die Hirten zueinander: „Kommt, wir

gehen nach Betlehem! Wir wollen sehen, was dort geschehen ist und was der Herr uns verkünden ließ."

Sie machten sich auf den Weg, so schnell sie konnten, und fanden Maria und Josef und bei ihnen das Kind, das in der Futterkrippe lag.

Nachdem sie es gesehen hatten, erzählten sie überall, was ihnen über dieses Kind gesagt worden war.

Und alle, mit denen die Hirten sprachen, staunten über das, was ihnen da berichtet wurde.

Maria aber prägte sich alle diese Dinge ein und dachte immer wieder darüber nach.

Christoph Zehendner

Mutter, hol den Tannenduft

Weihnachtsgeschichten zum
Staunen, Lachen und Feiern

gebunden
112 Seiten
ISBN 978-3-7655-1135-6

Eine nette Oma, die wegen ihrer Weihnachtsvorbereitungen Ärger mit der Polizei bekommt. Ein Regisseur, der in totale Hektik gerät, weil er eine friedliche Weihnachtsszene aufnehmen will. Ein „Weihnachtsaussteiger", der einmal ganz auf Lametta und Kerzenduft verzichtet und gerade so dem Geheimnis von Weihnachten auf die Spur kommt. Diese und andere Menschen stellt Christoph Zehendner in vergnüglichen Kurzgeschichten vor – mit viel Witz, Fein- und Fingerspitzengefühl.

BRUNNEN VERLAG GIESSEN
www.brunnen-verlag.de